U0464940

国际大奖小说
美国图书馆协会杰出青少年读物奖

小 善 意
Small Mercies

[南非] 布丽奇特·克朗 / 著
[南非] 凯伦·沃莫伦 / 绘
王祖宁 / 译

天津出版传媒集团
新蕾出版社

图书在版编目（CIP）数据

小善意 /（南非）布丽奇特·克朗（Bridget Krone）著；（南非）凯伦·沃莫伦（Karen Vermeulen）绘；王祖宁译. -- 天津：新蕾出版社，2024.6
（国际大奖小说）
书名原文：Small mercies
ISBN 978-7-5307-7760-2

Ⅰ.①小… Ⅱ.①布… ②凯… ③王… Ⅲ.①儿童小说-长篇小说-南非共和国-现代 Ⅳ.①I478.84

中国国家版本馆CIP数据核字(2024)第091588号

SMALL MERCIES by Bridget Krone
Text Copyright © Bridget Krone, 2019
Illustrations Copyright © Karen Vermeulen, 2019
Published by arrangement with Catalyst Press c/o Nordlyset Literary Agency through Bardon-Chinese Media Agency
Simplified Chinese translation copyright © 2024 by New Buds Publishing House (Tianjin) Limited Company
ALL RIGHTS RESERVED
津图登字：02-2022-077

书　　名	小善意　XIAO SHANYI
出版发行	天津出版传媒集团 新蕾出版社
	http://www.newbuds.com.cn
地　　址	天津市和平区西康路35号（300051）
出 版 人	马玉秀
电　　话	总编办 (022)23332422
	发行部 (022)23332351　23332677
传　　真	(022)23332422
经　　销	全国新华书店
印　　刷	天津新华印务有限公司
开　　本	880mm×1230mm　1/32
字　　数	155千字
印　　张	8.5
版　　次	2024年6月第1版　2024年6月第1次印刷
定　　价	35.00元

著作权所有，请勿擅用本书制作各类出版物，违者必究。
如发现印、装质量问题，影响阅读，请与本社发行部联系调换。
地址：天津市和平区西康路35号
电话：(022)23332677　邮编：300051

一辈子的书

◎ 梅子涵

◆亲近文学◆

　　一个希望优秀的人,是应该亲近文学的。亲近文学的方式当然就是阅读。阅读那些经典和杰作,在故事和语言间得到和世俗不一样的气息,优雅的心情和感觉在这同时也就滋生出来;还有很多的智慧和见解,是你在受教育的课堂上和别的书里难以如此生动和有趣地看见的。慢慢地,慢慢地,这阅读就使你有了格调,有了不平庸的眼睛。其实谁不知道,十有八九你是不可能成为一个文学家的,而是当了电脑工程师、建筑设计师……可是亲近文学怎么就是为了要成为文学家,成为一个写小说的人呢?文学是抚摸所有人的灵魂的,如果真有一种叫作"灵魂"的东西的话。文学是这样的一盏灯,只要你亲近过它,那么不管你是在怎样的境遇里,每天从事怎样的职业和怎样地操持,是设计房子还是打制家具,它都会无声无息地照亮你,使你可能为一个城市、一个家庭的房间又添置了经典,添置了可以供世代的人去欣赏和享受的美,而不是才过了几年,人们已经在说,哎哟,好难看哟!

谁会不想要这样的一盏灯呢?

◆阅读优秀◆

文学是很丰富的,各种各样。但是它又的确分成优秀和平庸。我们哪怕可以活上三百岁,有很充裕的时间,还是有理由只阅读优秀的,而拒绝平庸的。所以一代一代年长的人总是劝说年轻的人:"阅读经典!"这是他们的前人告诉他们的,他们也有了深切的体会,所以再来告诉他们的后代。

这是人类的生命关怀。

美国诗人惠特曼有一首诗:《有一个孩子向前走去》。诗里说:

> 有一个孩子每天向前走去,
> 他看见最初的东西,他就变成那东西,
> 那东西就变成了他的一部分……

如果是早开的紫丁香,那么它会变成这个孩子的一部分;如果是杂乱的野草,那么它也会变成这个孩子的一部分。

我们都想看见一个孩子一步步地走进经典里去,走进优秀。

优秀和经典的书,不是只有那些很久年代以前的才是,只是安徒生,只是托尔斯泰,只是鲁迅;当代也有不少。只不过是我们不知道,所以没有告诉你;你的父母不知道,所以没有告诉你;你的老师可能也不知道,所以也没有告诉你。我们都已经看见了这种"不知道"所造成的阅读的稀少了。我们很焦急,所以我们总是非常热心地对你们说,它们在哪里,是什么书名,在哪儿可以买到。我就好想为你们开一张大书单,可以供你们去寻找、得到。像英国作家斯蒂文生写的那个李利一样,每天快要天黑的时候,他就拿着提灯和梯子走过来,在每一家的门口,把街灯点亮。我们也想当一个点灯的人,让你们在光亮中可以看见,看见那一本本被奇特地写出来的书,夜晚梦见里面的故事,白天的时候也必然想起和流连。一个孩子一天天地向前走去,长大了,很有知识,很有技能,还善良和有诗意,语言斯文……

同样是长大,那会多么不一样!

◆自己的书◆

优秀的文学书,也有不同。有很多是写给成年人的,也有专门写给孩子和青少年的。专门为孩子和青少年写文学书,不是从古就有的,而是历史不长。可是已经写出来的足以称得上琳琅和灿烂了。它可以算作是这二三百年来我们的文学里最值得炫耀的事情之一,几乎任何一本统计世纪文学成就的大书里都不会忘记写上这一笔,而且写上一个个具体的灿烂书名。

它们是我们自己的书。合乎年纪,合乎趣味,快活地笑或是严肃地思考,都是立在敬重我们生命的角度,不假冒天真,也不故意深刻。

它们是长大的人一生忘记不了的书,长大以后,他们才知道,原来这样的书,这些书里的故事和美妙,在长大之后读的文学书里再难遇见,可是因为他们读过了,所以没有遗憾。他们会这样劝说:"读一读吧,要不会遗憾的。"

我们不要像安徒生写的那棵小枞树,老急着长大,老以为自己已经长大,不理睬照射它的那么温暖的太阳光和充分的新鲜空气,连飞翔过去的小鸟,和早晨与晚间飘过去的红云也一点儿都不感兴趣,老想着我长大了,我长大了。

"请你跟我们一道享受你的生活吧!"太阳光说。

"请你在自由中享受你新鲜的青春吧!"空气说。

"请你尽情地阅读属于你的年龄的文学书吧!"梅子涵说。

现在的这些"国际大奖小说"就是这样的书。

它们真是非常好,读完了,放进你自己的书架,你永远也不会抽离的。

很多年后,你当父亲、母亲了,你会对儿子、女儿说:"读一读它们,我的孩子!"

你还会当爷爷、奶奶、外公和外婆,你会对孙辈们说:"读一读它们吧,我都珍藏了一辈子了!"

一辈子的书。

目录

Small Mercies

1	第 一 章	请假条
8	第 二 章	社工
11	第 三 章	表演
19	第 四 章	不欢而散
22	第 五 章	鱼会感到疼吗
25	第 六 章	自行车
29	第 七 章	霍德森路7号
32	第 八 章	柠檬
37	第 九 章	牛油果
40	第 十 章	飘来飘去的东西
45	第十一章	一只鞋
49	第十二章	梦境
55	第十三章	我有权说不
61	第十四章	寻找房客
67	第十五章	同音词
70	第十六章	家长会

76	第十七章	缝纫机
81	第十八章	黑洞
86	第十九章	人生楷模
91	第二十章	辛格先生
96	第二十一章	脚步声
103	第二十二章	奖券
109	第二十三章	马萨拉茶
115	第二十四章	弗罗拉阿姨
126	第二十五章	看望莫罕达斯
134	第二十六章	车站
141	第二十七章	红药水
144	第二十八章	玛丽阿姨
148	第二十九章	蜜蜂
152	第三十章	三杯甜茶
155	第三十一章	祈祷和奇迹
157	第三十二章	图书馆

161	第三十三章	往事
166	第三十四章	格格不入
175	第三十五章	钱不见了
179	第三十六章	动机
183	第三十七章	双重祝福
188	第三十八章	天窗
193	第三十九章	强拆
200	第 四十 章	被逼到了墙角
206	第四十一章	一再失去
215	第四十二章	敞开心扉
223	第四十三章	特别行动
230	第四十四章	我们做了什么
235	第四十五章	拯救
241	第四十六章	重建
246	第四十七章	启示
254	第四十八章	宝藏

第一章

请假条

默茜站在校长办公桌前,手里拿着一张请假条。格里塞尔太太放下笔,从眼镜上方看着她。

"有事吗,默茜?"她一边说,一边打开请假条。

"这么说你不能参加班级集体排练,因为你……"她顿了顿,看着默茜,仿佛不太相信自己的眼睛,"胃痛吗?"

默茜点点头。

"你这次的胃痛和上周的肚子疼一样吗?"格里塞尔太太从转椅上站起身,啪嗒啪嗒地走到一个文件柜前,从里面取出一个档案袋。

"我这里的假条一定有十来张了。"她说,"这张挺有意思,上面说你不能参加全校越野赛跑,因为你最近有点儿懒。"她挑起一根眉毛问:"这次假条是谁写的,默茜?"

"我的养母,玛丽阿姨。"

"说你最近有点儿懒的这张也是她写的吗?"

"不,那是我的另一位养母——弗罗拉阿姨写的。"

"是的,我想起来了,她俩是姐妹。"格里塞尔太太用食指轻敲着上唇。

"对了,告诉我,你跟这两位阿姨在一起住多久了?"

"从我五岁时开始。"

"那你觉得……她们有多大年纪呢?"

默茜不知道。几年前,当她向玛丽阿姨问起这个问题时,玛丽阿姨说自己味觉正常,但牙口不行了。她俩的确上了年纪,但很难说到底有多大。她们已经满脸皱纹,满头银发。玛丽阿姨用指甲剪把头发剪得整整齐齐,但弗罗拉阿姨的头发像蒲公英茸毛一样乱蓬蓬的。玛丽阿姨总是在自己亲手缝制的连衣裙口袋里装上一方手帕和一串钥匙。弗罗拉阿姨却喜欢穿宽松舒适的运动裤,而且还要把裤脚高高挽起。这算是哪个年龄阶段的打扮呢?

"我不知道,格里塞尔太太。"

"那么,今天普鲁伊特老师为什么要把你送到我这里?跟我讲讲,你们班有什么活动,还有你为什么不能参加。"

默茜不太好解释为什么自己很难按照老师的要求,跳一段本民族的传统舞蹈。她向两位阿姨求助,但她们反而让事情变得更麻烦。

"哎呀,看在老天的分上,"当默茜问起这件事时,玛丽阿姨说,"你能不能假装自己是波兰人,我们教你跳波尔卡?"

玛丽阿姨对教育有自己的想法。在她看来,传统的民族舞蹈还有那些被她称作"新潮"的玩意儿,都算不得教育。她甚至没有看过默茜的成绩报告。她认为教育就是记住各种植物的拉丁学名,背诵许许多多伟大的诗篇。"啊,年轻的罗钦瓦来自西方,整个边境就数他的马最棒……"

不过,弗罗拉阿姨还是有些紧张,因为她想要默茜规规矩矩,别惹乱子。

"玛丽,我们该怎么办?"弗罗拉阿姨问,"我们教她快步舞好不好?"但最后她们决定教默茜跳莫里斯舞①。于是,默茜看着弗罗拉

---

①莫里斯舞是英格兰一种古老的乡村化装舞。

阿姨在钢琴上乒乒乓乓地弹起曲子,而玛丽阿姨在客厅里随着音乐一边蹦来跳去,一边挥舞着手帕。玛丽阿姨的舞步可没那么轻盈,这让默茜感到一丝不安。因此,当玛丽阿姨气喘吁吁地停下脚步时,她如释重负。"唉,这太可笑了。我们得想点别的办法。"

一阵尴尬的沉默过后,弗罗拉阿姨问:"对了,其他同学会跳什么舞?"

"印第安舞?或者祖鲁舞?"默茜猜道,"普鲁伊特老师说,人人都有自己的文化习俗,我们必须加以礼赞。"

"荒唐!"玛丽阿姨说,"谁的文化习俗都不是单一的。假如我在你们班上课,默茜,我该赞颂哪种文化习俗呢?南非白人——是不是这样叫的?维京人、英国人,还是西印度群岛人?"

"西印度群岛?"默茜大惑不解。

"对。我的曾祖母去世后,曾祖父娶了一个西印度群岛的女人。我生平最大的遗憾就是从来没有去过巴巴多斯,与那里的家人见面。"

"普鲁伊特老师想让我表演个节目,就像开普马来艺人那样。"默茜说道,"也许是因为……你知道的……我是有色人种吧。"

"亲爱的孩子,如果只是因为你母亲的族人最初来自开普敦,你根本用不着穿着亮闪闪的缎子衣服,弹着小吉他到处蹦蹦跳跳。

真的!除非你是在开普平原土生土长的,那当地的习俗你一定要铭记在心,可你从来就没有去过开普敦呀!"

默茜松了一口气。她在电视上看过南非艺人大游行的庆典,满眼都是鲜艳的服装、铜管乐队和五彩斑斓的雨伞,但她对所有活动都一无所知,就像在中国春节时看到街头舞动的纸龙一样,只是感到奇怪。

"所以,"玛丽阿姨说,"如果非要寻根究底,我想你要跳的舞除了开普马来风情,还得有点儿科伊桑风情,再加上些荷兰殖民者和英国人的味道……"

"我看我们还是简单点儿写张假条吧,好不好?"弗罗拉阿姨说。她总是想让玛丽阿姨低调一点儿。"欸,我把眼镜放哪儿去了……"说着,她穿过厨房,走进后花园,拍了拍口袋,又摸了摸头顶,四下寻找眼镜。

于是,玛丽阿姨拿出笔来,写下了那张声称默茜胃痛的假条。

格里塞尔太太把假条放进默茜的档案袋里,等着她解释。

默茜深吸一口气:"我们班负责周五的集会,普鲁伊特老师让大家表演能体现各自文化传统的民族舞蹈。"

"这主意不错!"格里塞尔太太笑容满面地说道,"真不明白你的两位阿姨怎么会让你错过这么精彩的文艺活动,听起来还挺有意思的嘛!你觉得呢,默茜?"

"是的,校长。"

格里塞尔太太两手指尖相对,仿佛教堂的尖塔一般,撑着下巴,眯起双眼望向默茜。

"我得承认,你有些让人难以理解,默茜·亚当斯,"她低头看着档案袋说,"你成绩优异,就是不太合群。你不爱运动,不爱发言,也不爱玩耍。你什么活动都不想参加。"格里塞尔太太叹口气道:"奇怪的是,你的两位养母好像也串通一气,鼓励你这样似的。"

她换了种语气,歪头满是关心地问:"默茜,你家里一切还好吗?"

"很好,家里没什么事,"默茜立即回答,"一切都挺好的。"

格里塞尔太太又低下头,看着打开的档案袋,前后翻动了几页,假装若无其事地问道:"上次社工是什么时候去你家查看的?"

默茜不禁用指甲抠着掌心。

"我想我得联系儿童福利机构,去查看一下你的情况。"格里塞尔太太在日志中做了一条记录。"我想她们该办理延期了,"她顿了顿,然后悄声说道,"也许现在要重新考虑一下……"

"我没事的,格里塞尔校长,"默茜尽可能轻松愉快地说,"我参加跳舞活动。"

"这就对了嘛,默茜!"格里塞尔太太靠在椅背上说。"跳上几支舞,对你很有好处。"她皱了皱鼻子,"说不定你还会乐在其中呢。"

只要社工别来家里检查,让默茜怎样都可以,哪怕是挥着白手绢蹦来跳去。

第二章
社 工

不久前,玛丽阿姨告诉默茜,她已经长大了,应该能够理解社工的问题。

"假如我们想从动物保护协会领养一条狗,"她说,"事先会有人到家里进行检查,确保我们的花园足够大,好让它有地方撒欢儿叫喊,还要有一道不高不矮的篱笆,这样它就不会跑丢了。"

默茜点点头,不无难过地想,即便是体形最小的狗,也能轻松跳过她们在霍德森路上住宅的矮墙。

"但假如我想领养的是人,比如一个像你一样的孩子,"玛丽阿姨说,"我只要到社会发展部填写一份名为'36号表格'的文件,然后就可以带你回家,每月从南非社保局领取补助金。按理说,应该有一名社工做一次'家庭情况探访',可她的档案里可能有两百多个孩子,所以她可能永远不会来检查我们是不是有篱笆,或者我们的花园是不是够大,好让你撒欢儿叫喊。"

"不过,"玛丽阿姨紧紧握着默茜的双手,继续说道,"有时候社工确实会过来,一般是周五下午,赶在法院周末关门之前。他们会挥着一纸文件,叫作'法院命令'。他们可能会说,你家来了一位亲戚,想把你带走。"

"那接下来呢?"

"接下来,他们就会把你带走。"

"带走?!他们为什么要这么做?"

"还不是为了钱——真让人难以启齿。"玛丽阿姨说,"他们会给你安排一个所谓的家庭,然后这些人就能从南非社保局领补助金了,而那位社工也会分得一杯羹。"

听到这话,默茜心中充满了恐惧。不知道克利福德姨父会不会来找她。

"我之所以告诉你这些,是想让你知道,一旦发生这种情况,我们可以做些什么。"玛丽阿姨说,"我试着一字一句地教给弗罗拉,以防我不在家时，有社工突然出现在门口。她这些天可真是够糊涂的，所以我要你也把这些话背下来。"

玛丽阿姨递给默茜一张纸，上面写着："根据2010年颁布的《儿童法》，每一名儿童都具有法定代理权，因此我强烈要求，暂缓执行该命令。"

"也就是说，在他们把你带走之前，你可以寻求律师帮助。法律就是这样规定的，只不过有些人不知道而已。"

默茜把每个字都牢牢记在心里，而且每天都会背诵一遍，仿佛它们是驱邪避凶的护身符一般。

第三章
表　演

　　走出格里塞尔太太的办公室后,在回班的路上,默茜去了一下洗手间。她凝视着镜中自己的面庞,做了个深呼吸,好让怦怦直跳的心平静下来。她几乎认不出这张脸了:她的鼻子越来越像个蘑菇,牙齿开始长大长长,原本线条柔和的两颊变得瘦削起来,只有那双褐色的眼睛依然如故。

　　"哎呀,你长得真可爱!"有一次,弗罗拉阿姨看见默茜对着浴室镜子吐舌头,她用一只手托着默茜的下巴说,"跟你妈妈和凯瑟琳姨妈一样漂亮。"但默茜觉得,自己已经认不出这张棱角分明的新面孔了。

她用双手捋了捋头发,把卷曲的地方抚平,紧了紧小小的马尾辫。

回到教室后,大家正在挪课桌,好为民俗舞蹈表演腾出空间。默茜希望没有人注意她溜到了教室后面。

纤瘦的普鲁伊特老师站在黑板旁边,看起来有些紧张。由于电线的延长线太短,够不到手提CD机,她只好站在那里,一边举着CD机,一边找人帮忙。

"谁来把桌子挪近些,"她说,"我不能一直举着。"

新来的女生奥利芙过来帮忙,把桌子用力一推,撞到了普鲁伊特老师一条腿上。奥利芙虽然转来学校才一周时间,但她身上不管什么都"太过了一点儿":她的脸颊过于绯红,马尾辫摆得过于欢腾,眼镜片过于厚重,待人过于热情。因为一天到晚总是鼻塞,她只好张嘴呼吸。

"奥利芙,"普鲁伊特老师揉着腿说,"你也用不着使这么大劲儿呀……"

碧翠丝·亨特和好友奈丽斯韦·马乔拉不由得扑哧一笑,随即假装一阵咳嗽。

奥利芙说:"对不起,普鲁伊特老师,我不是故意撞到你的。"她向教室后面走去。

千万别过来站到我旁边,默茜心想,并极力不让自己引起她的注意。但奥利芙还是径直走了过来,紧挨着默茜站定,一边大声抽着鼻子,一边扶了扶眼镜。

默茜悄悄向一旁挪动,如果普鲁伊特老师环顾教室,问谁愿意主动表演的话,她就可以躲到奥利芙身后。她已经想好了借口:她把配乐忘家里了,明天会带过来。不过,这个借口已经用不着了,因为普鲁伊特老师说:"碧翠丝和奈丽斯韦,你俩不是幸灾乐祸吗?那你们先上来吧。"

碧翠丝轻轻欢呼一声,立即跳到前面,金色的马尾辫光滑整齐,在脑后荡来荡去。奈丽斯韦也慢吞吞地走了过去,仿佛不太情愿似的,将一张CD推进播放机。两人一起站好,把双手放在臀部。她们一个是白皮肤,一个是黑皮肤,但同样长得高大健壮,在默茜看来,也都有点儿吓人。

当她们等着音乐响起时,奈丽斯韦一脚踢掉鞋子,把胸膛挺了起来。她是班上第一批戴胸罩的女生,默茜怀疑她就是想要大家都注意到这一点。碧翠丝解开马尾辫,把秀发摇散,让一头瀑布般迷人的金发披落双肩。她长着一张倾倒众生的脸,让你就是忍不住想看。去年还上五年级时,一头闪亮金发的她走进校园,立刻在人群

13

中引起一阵骚动。

"我也没办法,谁让这是天生的呢,"她边甩头边说,"我的头发在阳光下就是这样。"

有一次,在超市里,默茜发现碧翠丝在面包柜台前化妆。从那儿以后,默茜开始担心,等她再长大些,谁会教她化妆。玛丽阿姨的梳妆台上只有一瓶凡士林和一把发刷。弗罗拉阿姨至少有一盒散粉和一个软塌塌的海绵粉扑,那颜色简直跟生鸡肉差不多。她会在鼻子上擦些散粉,然后旋开一管珊瑚色口红。每逢特殊场合,她都会往嘴唇上涂口红,只不过有时也会涂到上牙上。

碧翠丝和奈丽斯韦 CD 播放机中的歌曲轰然响起。"你是否希望你的女友像我一样性感?"两人一起扭动臀部,甩起了头发。

但是,这句歌词刚一唱完,就听普鲁伊特老师喊道:"关掉!给我关掉!"她双手抱头。"我要你们跳的是传统舞蹈,"她说,"再配上传统音乐。谁让你们像兔子一样蹦来蹦去,跳迪斯科来着。奈丽斯韦,你本可以跳一段漂亮的祖鲁舞呀。"

"可我是科萨人。"奈丽斯韦用科萨语说,然后和碧翠丝咯咯笑了起来。

"好哇,如果你是科萨人,那就来一段漂亮的科萨舞吧。说真的,这能有多难?谁给我表演一段传统舞,别再让我难受了。"

默茜屏住呼吸,低下头。"别叫我……别叫我……别叫我。"她竭尽全力,想把这个念头挤出脑海,"我强烈要求,暂缓执行该命令。"

"珍妮丝·马修斯。"普鲁伊特老师点名。默茜长舒了一口气。

珍妮丝忸怩地来到教室前面。她远比班上其他女生个儿高,却总是拱肩缩背的。只见她单腿站定,一只手举过头顶,活像一只忧郁的苍鹭。CD机里先是鼓点咚咚,接着传出一阵凄厉的乐声,仿佛有猫在哀鸣。

所有人都打了个激灵,随后捂住了耳朵。这是风笛声。默茜记得弗罗拉阿姨有一张钟爱的唱片,叫《西部群岛之歌》。每当音乐响起,她就会跟着节奏用拳头捶打胸口。

珍妮丝踮起脚,开始在原地迅速上下蹦跳,表演起舞蹈。

蹦蹦,跳跳,先指地,再指膝,蹦蹦又跳跳。

碧翠丝开始用双手打起拍子,接着是奈丽斯韦。很快,班里有一半人都跟着打起了拍子,假模假式地朝珍妮丝坏笑。奈丽斯韦紧咬双唇,免得自己笑出声来。

默茜能感觉到身边的奥利芙十分不安。奥利芙把目光从珍妮丝转向普鲁伊特老师,又从普鲁伊特老师转回珍妮丝,仿佛在看一场网球比赛。但普鲁伊特老师一言不发,既没有让大家别再打拍子,也没有示意上蹿下跳的珍妮丝停下来。

当珍妮丝终于大步流星地冲到 CD 机前,砰的一声按下"停止"键时,奥利芙长舒了一口气,嘀咕道:"谢天谢地。"

"你怎么不跳了?"普鲁伊特老师问,"真是太棒了,珍妮丝。大家好像都很喜欢呀。这段苏格兰舞是你父母教的吗?"

"不是,"珍妮丝说,"是我从网上学的。"

"嗯,真是太棒了,珍妮丝。同学们,你们有没有发现,其中蕴含着丰富的文化传统。你们瞧,就在非洲南端的这座小城中,就在我们的这间教室里,有印度人、科萨人、祖鲁人、苏格兰人和南非白人……下一个该谁了?"

在教室的另一边,桑多一边上下踢腿,一边像只小鸡一样抖着双臂。

"你在干什么,桑多?"普鲁伊特老师问,"活像一只母鸡。"

"普鲁伊特老师,这叫呱呱鸡舞,"他说,"是我们家族的传统舞。"

"行了,别跳了。"

桑多笑了起来,又抽了两下脖子,才停止舞步。他用手掠了掠浓密的爆炸头,与默茜目光相接。默茜羞怯地一笑,立即低下头去。

"还有,你得理理发了,桑多。"普鲁伊特老师说,"尤兰达,下一个该你了。不要跳那些花里胡哨的。"

尤兰达缓步走到教室前面。她把袜子卷得很低,往上提了提短裙,又解开校服最上面的几颗纽扣。

JJ要和尤兰达一起表演,但他只负责音乐。他按下"播放"键,里面传出杰克·帕罗的歌声:"你以为你比我还酷吗?"尤兰达开始像机器人一样抽搐。当歌词里出现脏话时,JJ负责用咳嗽声掩饰。

当我一脚踏入(咳咳)酒吧,

你被吓得(咳咳)去找你妈。

很快,普鲁伊特老师又叫停了。

"南非白人不是也有自己的民族舞吗?"普鲁伊特老师问,"来段弗克斯贝尔怎么样?JJ和尤兰达,你俩的表现不够好。我希望你们回家学学,回头给大家跳一段弗克斯贝尔。"

"我也许是南非白人,可我不是拓荒先民呀!"尤兰达说。

"你说什么?"普鲁伊特老师问。

"我们去年从比勒陀利亚开汽车来到这里,又不是坐牛车过来的。"

"老天爷,我就知道你会这么说!那JJ,你呢?"

"我不是南非白人呀！"JJ一脸诧异地答道。

"那你是什么民族？"普鲁伊特老师问。

"不知道。我住在海菲尔德。"JJ咕哝着,好像这就能说明一切似的。

默茜看向普鲁伊特老师。只见她把胳膊肘撑在面前的课桌上,正在揉太阳穴。

第四章
不欢而散

"好吧,"普鲁伊特老师终于说道,"这样可不行,那我们就再想办法。全班分成三组,那边的跳祖鲁舞……"她用一根指头指着教室的一角:"那边的跳苏格兰舞……那边的跳印第安舞。"

杰米拉和几个朋友立即跑到跳印第安舞的一边,兴奋地跳上跳下。默茜也想加入其中,但普鲁伊特老师伸手拦住了她。"所有人都不准再跳其他舞。"说完,她一边在教室里来回穿梭,一边把每个人都推到一支队伍当中。默茜发现,自己和奥利芙被分到了苏格兰舞蹈队。珍妮丝也在这里,正用牙咬着运动衣袖口的线头。

除了桑多以外,所有男生都跑向祖鲁舞蹈队。他站在最远的角落里,本想借助光滑的鞋底,刺溜一下滑过去,但一头撞到了默茜。

碧翠丝也被裹挟到了苏格兰舞蹈队。她翻了个白眼,挤在奥利芙和默茜中间。

"抱歉,我天生强健,"她对奥利芙说,"我不是要故意挤你。"

普鲁伊特老师宣布,由珍妮丝负责苏格兰舞蹈队。

碧翠丝举起手:"那个,普鲁伊特老师,我能换一下吗?我能加入祖鲁舞蹈队吗?"

"不行,碧翠丝,不能换。谁也不准换队。我不管……"她拍了拍手,仿佛头顶有一群嗡嗡作响的苍蝇,而她要将它们赶走似的,"……你是刚果人、欧非混血的南非人还是克罗地亚人,叫你跳什么就跳什么。"

"真是感激不尽哪,珍妮丝·马修斯,"碧翠丝嘟囔道,"多亏了你,星期五我们要当着全校出糗了,踮着脚像个傻瓜一样上蹿下跳。"

"不能怪我,"珍妮丝说,"我根本就没让你加入这个队。"

"普鲁伊特老师,"碧翠丝说,"珍妮丝·马修斯说她不想让我加入这个队,那我现在是不是可以换队了?"

"唉,老天爷!"普鲁伊特老师说,"我们只有两天时间一起练习。大家就不能宽容一点儿?"她瞪了一眼珍妮丝,然后把目光转向了印第安舞蹈队。

"我可没那么说,"珍妮丝愠怒地小声说道,"我的意思是,不是我让你加入这个队的。"她眼里噙着泪水,用一只衣袖抹了抹鼻子,在运动衣上留下一道长长的鼻涕。

碧翠丝瞠目结舌地环顾这支队伍,然后用手指在前额比了个废物的手势。

"我不是废物。"珍妮丝说,泪水夺眶而出。

"我没说你是。"碧翠丝说。

"你说了。你在额头……比画那个手势了。"

"告诉你吧,我没有比画那个手势。我只是挠了挠额头。噢,现在这个队里连挠一下头也不让了吗?好吧,反正你是队长,我们都得听你的。"说完,她耸了耸肩。

桑多举起双手。"哎呀!大家伙儿别泄气嘛!"他说道。

但碧翠丝把一只手放在胸口,打断他说:"好哇,还有这么多规矩呢。从现在开始,谁也不许用手挠额头,但是都得用脚尖挠地板,简直就是一群傻瓜鸡。"

珍妮丝怒吼一声,冲出教室,险些迎面撞倒普鲁伊特老师。

突然,下课铃响了。

第五章
鱼会感到疼吗

默茜拿起过道里的午餐盒,径直向图书馆走去。这是她课后最常去的地方。默茜还小的时候,当大家跳绳或者玩拍手游戏时,她也会加入其中。但是如今,只有男生们才做游戏,女生们则会三个一群五个一伙地聊天儿。她们谈论的话题往往是其他人,或者电视剧,或者手机。默茜跟她们越来越无话可说。她没有手机,而家里那台电视在拍卖会上出售之前,被塞在餐厅的一个角落里,放在一辆手推车上,上面盖着一块缀有绒球的绿丝绒布。距离上次看电视差不多有六个月了,当时她看的是一部关于加拉帕戈斯群岛的纪录片。

德比小姐一般不允许学生在图书馆吃东西,但不知为何,默茜是个例外。默茜打开饭盒的盖子,一股热塑料和熟过了的香蕉的味道扑面而来,有些让人难受。她仿佛看见玛丽阿姨和弗罗拉阿姨穿着起球的旧睡衣,在厨房里做三明治,不由得一阵难过。玛丽阿姨总是用一把破损的面包刀切掉面包皮,弗罗拉阿姨也跟着瞎忙活,不是拿香蕉时挡住了道,就是把酵母酱三明治紧紧裹在一个用过的面包袋里。过去她们是用蜡纸包三明治的,但是最近她们开始回收所有可能再利用的东西,就连在沸水中泡过四五回的茶袋也不例外。它们会被放在阳台上晾干,然后在石蜡中浸泡,到冬天就可以用来引火。

默茜坐在窗下角落里的一个豆袋沙发上,这是她常坐的位置。这时,她听到有人在小说区抽鼻子,然后看见珍妮丝一头金发的脑袋从书架上探出来。接着,她听到奥利芙问德比小姐,有没有一本叫《狮子、女巫和衣柜》的书。

"我记得这是著名作家塞西莉·刘易斯的书。"奥利芙的嗓门儿很大,图书馆里所有人都转身看着她。

"就在小说区刘易斯那一栏,"德比小姐把一根手指放在唇上说,"不过作者不是塞西莉·刘易斯,而是 C.S.刘易斯。"

默茜开始埋头读书,那是她从入口处的展架上随手抽出来的,名叫《海洋奇观》。其中"鱼会感到疼吗?"这一章她反复读了几遍,但到休息时间结束时,她仍然不知所以。

第六章
自行车

默茜骑着一辆自行车上下学,这辆车过去是玛丽阿姨的。当她坐在高高的座位上,她的脚只能勉强碰到踏板,车身哐啷哐啷响个不停,那感觉犹如骑着一头瘦骨嶙峋的长角牛。其他同学不是乘坐出租车,就是有父母开车接送。但玛丽阿姨和弗罗拉阿姨从小骑自行车上学,所以认为默茜也应该这么做。由于常有出租车沿杰斯蒙德路疾驰而下,默茜只能远离公路,在旁边的小道上骑行,这是她的唯一选择。

默茜摇摇晃晃地骑出校门,从奥利芙身边路过。"再见,默茜,再见！"奥利芙大声说。奥利芙坐在阴凉处的长椅上等妈妈，双肩包拉着拉链，就放在脚边。在默茜眼中，她就像一只小小的鼹鼠，有着天鹅绒般光滑的肌肤和纤巧的嘴巴，戴着一副厚厚的眼镜。她的校服宽大崭新，上面还带着褶子，仿佛刚从包里拿出来似的。

默茜一只手松开车把，朝她挥挥手，但险些撞到桑多身上。桑多站在一群男生当中，他们正推推搡搡，踢着一个浅蓝色的揉皱的纸团。默茜立即认出了这个纸团。

休息时间结束后，当大家返回教室时，普鲁伊特老师在跳民族舞的事情上已经改了主意。

"如果你们无法让我相信，你们能够表现得体，充分寓教于乐的话，"她严厉地说，"那恐怕我们得做点儿别的，至少能让你们服从管束。"她啪地在每张课桌上扣下一张浅蓝色的纸，纸的上方写着"南非儿童宪章"。

"星期五那天，大家来举标语牌，我会把标语牌做好。"

默茜意识到，普鲁伊特老师不会给任何人留下自由发挥的机会。

"标语牌上要清楚地印着儿童权利，以便旁观者阅读。所有人都要背会一条儿童权利，这是今天的家庭作业。明天所有人都要到校参加彩排，下身穿运动短裤，上身穿一件朴素的T恤，颜色必须是南非的国旗色。"说完,她在蓝、红、绿、黑和白几个字下面画了很多道线,把粉笔都折断了。

碧翠丝举起手问:"就是说我们不能穿浅粉色的吗,普鲁伊特老师?我们当中有些人穿浅色或许更好看呢。"

普鲁伊特老师懒得回答。她拿出一支红笔,在一排排课桌间穿行,标出每个人要背诵的内容,作为家庭作业。

来到默茜的桌旁,她俯身标出这样一句话:所有儿童均有权拥有一个安全、稳定的家庭,并有权得到抚育,成为家庭的一员。接着,她轻声让默茜坐到桑多旁边,帮他完成作业。

"普鲁伊特老师让我帮你背诵你要记住的那段话,"默茜把椅子挪到桑多旁边说,"因为她觉得两个脑袋总比一个强。"

"好吧,这两个脑袋最好别长在一个身体上。"桑多身体后仰,把两手放在脑后,笑着说道。

桑多来这个班已经几个月了。尽管上过几年补习课,他读写起来依然很吃力。不过,他并不是个"榆木疙瘩"。这个词是默茜跟玛丽阿姨学会的,因为这位养母也常声称自己不是"榆木疙瘩"。当他第一次走进这个班时,奈丽斯韦和碧翠丝就出言相讥。"普鲁伊特老师,'补习'是什么意思?"两人满脸困惑地问,"还有,'愚钝'的'愚'怎么写呀?"但桑多毫不理会,他就像被丢进水里的皮球,不管受多少次打击,都会再次浮起。

那天下午,他双手紧握那张蓝色的作业纸,对默茜说:"好,你就瞧着吧,我一定能背下来。"

"所有……二……儿童……均……有……有劝?好像不对呀。"他挠了挠头,看着默茜。

"应该念'有权'。"默茜纠正道,"所有儿童均有权受到保护,免遭一切形式的暴力,包括身体上、情感上、言语上、心理上和来自家庭内部的……"

"我的个天,"他说,"竟然有这么多种暴力?"说完,他把作业纸揉成一团,扔到脚上,好像那是一个小小的足球。看样子他连读都读不利索,更别说背会全部内容了。

第七章

霍德森路7号

默茜哐啷哐啷地骑着自行车,在杰斯蒙德路的人行道上飞驰而下。路旁多数房子都有预制板建成的围墙,墙上还安着金属钉。路上有她喜欢的地方,比如那一大片草坪,也有让她心惊胆战的地方,每当来到这些地方,她都会站在踏板上,以最快的速度掠过。其中一处是一个大门口,上面挂着一块牌子,旁边还画着两幅图,一幅是一只龇牙咧嘴、唾沫横飞的恶犬,另一幅是一条颈部张开、准备出击的眼镜蛇。它们仿佛在说:"小心了!"默茜一路飞驰,穿过一条条私家水泥车道、长着魔王荆的野地、被白蚁啃得面目全非的草坪,还有一处污水漫延的地方。下水道旁边的野草四季常青,路面滑溜溜的。

她只好跳下自行车,走完最后一段路。这条街太陡,她无法直接拐入霍德森路。不过,她总是用尽全力,直到两腿酸疼,车都快翻了为止。

拐过这个弯,她就能看到家了。但随后她开始想象,某位社工正在开展"家庭情况探访",想要亲眼看看她在霍德森路7号的家。

"没有栅栏或围墙,没有金属钉,没有安全门,没有看家狗,没有防盗铃。"社工会叹口气,在正式表格上进行记录。

默茜不得不绕开弗罗拉阿姨放在人行道上的一堆柠檬。这是她特意放在那里,以供行人随意取用的。有些柠檬滚到路上,被汽车轧变了形。默茜想象着,社工会在记录本上写道:"把食物摆在路上,容易招来苍蝇。"

然而,即使是最吹毛求疵的社工也必须承认,这栋掩藏在过于繁茂的花花草草后面的房子看起来十分温馨。护板是红砖砌成的,外墙洁白,阳台敞亮,还有所有美宅必备的烟囱。屋顶铺着青瓦,上面长满了地衣。只有凑近细看,你才能发现木窗上已油漆斑驳。

默茜把自行车锁在羊蹄甲树下车棚的一根柱子上,听到钢琴伴奏和弗罗拉阿姨婉转的歌声从敞开的飘窗里传出:

"一个肉丸,一个肉丸……"

目睹此情此景,社工会写些什么?表格里会不会有这样的问题:在抚养该名儿童的家庭中,人们是否精神正常?

她一路上坡,跑过剑蕨疯长的小径,走上刷着红漆的台阶,穿过走廊,打开白天从不上锁的大门。

"大厅里回荡着侍者的咆哮,你只点了一个肉丸,不能要面包!"

弗罗拉阿姨叮叮咚咚,潇洒地弹出了最后一个音符,默茜恰好关上身后的门。

她觉得自己仿佛刚刚甩掉妖怪,脱离了危险。

第八章
柠　檬

屋里弥漫着熟悉的家具护理油和蓝花皂的气息，但默茜还是很不适应空荡荡的房间。几个月前，拍卖商就已经拉走了大部分要出售的家具。然而，每次一打开前门，她仍会感到诧异。

对于家中稀稀拉拉的陈设，社工会有何感想？昔日大厅里漂亮的红蓝相间的旧地毯不复存在，只剩下从上面剪掉的一小块，他们会因此扣分吗？配套的沙发和椅子也一去不返，会有什么关系吗？还有那些被卖掉的画呢？假如社工坐在她们家硬邦邦的椅子上，被弹簧硌到了屁股，会发生什么事？只有飘窗前那架钢琴，沐浴在午后金灿灿的阳光下,也许会为她们多挣几分。

弗罗拉阿姨笑眯眯地望着她。"默茜,宝贝。真乖,真乖。"当默茜走过她身边时,她拍了拍默茜的脸蛋儿,眼里闪着喜悦的光芒。

"玛丽!"她大声喊道,"默茜回家了,给她倒杯……"她似乎已经忘记了"茶"这个字。

随着屋里的家具不断减少,不知什么时候,有些字眼也开始从弗罗拉阿姨的脑海中消失,比如来客、时钟、土豆,现在又多了一个"茶"。它们似乎已经杳无踪迹。

当默茜走过凉爽阴暗的过道时,在黑暗中,她能够依稀认出挂在墙上的照片。这些画框之所以没被拍卖,是因为里面装的都是一些家庭照。她最喜欢的一张是两位阿姨父母的结婚照。新娘体态纤巧,从头到脚都包裹在蕾丝婚纱里。新郎身材魁梧,穿着黑色西服,鞋面上还套着两片白色的东西。玛丽阿姨告诉她,这东西叫"鞋罩[①]"。有好几年,默茜都以为这东西叫"鞋照",是为了在婚礼上把鞋子照得锃光瓦亮。照片上有很多亲戚,还有三个丰满的伴娘。其中一人戴着眼镜,还有一个看起来很像玛丽阿姨。所有人都没有笑。另一张照片像是用蜡笔上了色一样,那是小时候的玛丽阿姨和

[①]鞋罩最初是为了保护绅士的皮鞋不受雨水尘土的侵害,后来逐渐成为一种装饰和礼仪用品。

弗罗拉阿姨跟爸爸妈妈一起在海滩上拍的。两人脸颊红润,都光着脚,穿着条纹连衣裙。她们的父亲穿着衬衫,打着领带,母亲穿着一件羊毛开衫和一双系带鞋,表情严肃。只有一张照片是默茜的,那是她上一年级时在学校拍的肖像照,她紧紧地扎着一束束小辫,还缺了两颗门牙。

在自己的房间里,默茜脱下了热乎乎的鞋子和袜子,感觉到脚下黏土瓷砖的凉爽,松了一口气。一只蜜蜂在卧室的百叶窗上嗡嗡作响,于是她拉了一下金属杆,打开百叶窗,希望它能飞进花园。但并未如愿——它用小腿爬行,试图爬上玻璃,但一直跌回窗台上。所以她用手捂住它,帮助它找到开口。弗罗拉阿姨曾在花园里养过蜜蜂,她曾教导默茜看到蜜蜂时要保持冷静。"它们是温柔的生物,"弗罗拉阿姨告诉她,"它们只想继续工作,除非你威胁到它们;当它们认为受到威胁时,你必须小心。"

在屋外,默茜养的母鸡"柠檬"正在她卧室窗下紫罗兰花丛的枯叶中窸窸窣窣地穿行,接着仿佛突然想起了什么,摇头晃脑地朝花园和隔壁空地之间的篱笆走去。默茜把它从小养大,当时它还只是一个柠檬大小的毛球,现在已经长成了一只雪白的大母鸡,无论是体形还是毛色都跟柠檬毫无关系。过去,它常在厨房外的一个纸箱里下蛋,可自从默茜最后一次捡到蛋,到现在过去了好几个星期,纸箱里仍空空如也。假如她快步跟上柠檬,也许就能看见它把蛋下到哪儿去了,很可能就在那片空地上。

那片空地曾是霍德森路7号大花园的一部分。数年前,当家里开始缺钱时,玛丽阿姨本打算卖掉它,但是后来发现自己需要先掏一大笔钱,请勘测员进行测量,再花一大笔钱去登记,然后才能出售,所以没有卖成。她们的邻居德韦特先生住在马路对面,用篱笆把新建的小花园围了起来。很快,这片空地就长满了高高的隐花狼尾草、夏至草和马缨丹。在杂草丛中,一株巨大的叶子花缠绕在野生梨树上。每年九月开花时,梨树上仿佛长出了两种花朵,一种水红色,一种白色。

邻居扎起篱笆后,玛丽阿姨松了一口气,因为这就意味着今后她只用对房子周围的空地进行修剪和除草。但弗罗拉阿姨无法适应这种变化,她会时不时地带着园艺剪,去剪掉一束杜鹃或绣球,然后大惑不解地返回家中。

"那边本来有一大片绣球花,"她指着篱笆对面说,"是被偷走了吗?还有那座喷泉呢?你不记得了吗,默茜?就是那座古老高大的喷泉呀,也被偷走了吗?"近来,弗罗拉阿姨认为是小偷儿偷走了她们的一切——砾石小路、道边的花花草草、蜂箱、大片草坪、喷泉——当她还是个孩子时这座花园中曾经有过、如今却不复存在的一切。

默茜小心翼翼地翻过篱笆，免得把校服挂在铁丝网上。

"咯咯，咯咯，咯咯哒……"她只听到柠檬的叫声，却看不到它的踪影，于是她光着脚，绕开狗屎、蜜蜂和蓟花，来到野梨树下，透过枝丫望向湛蓝的天空。她能听到树上蜜蜂轻柔的嗡嗡声。

这种舒缓的声音随即被发动机的轰鸣淹没了。一辆装有不锈钢保险杠的大型银色四驱车冲上人行道，停了下来。接着，一个面色发粉、穿着灰色紧身西服和尖头皮鞋的男人下了车，砰的一声关上车门。他用一边脸和肩膀夹着一部手机，手里拿着一支笔和笔记本。他迈开步子，绕着空地的边缘走了一圈，边走边数……

"……大约宽二十步，长三十步。差不多就是这样……对。"

随后，他咒骂了一句什么，抬起一只脚，又把手机掉到了地上，于是再次咒骂了一句。"抱歉，"他一边在草地上蹭着鞋子，一边对电话那头的人说，"刚刚踩到了狗屎。"

默茜蹲坐在地上，藏在一个旧蜂箱后。也不知为什么，她不想让那个满面红光的男人看到自己。

第九章

牛油果

"可怜的普鲁伊特老师怎样了?"玛丽阿姨使劲儿在默茜脑门儿上吻了一下,问道,"你把请假条交给她了吗?"

"可怜的不是普鲁伊特老师,而是我。"默茜回答。"跳舞的事行不通,所以我们改成宣传《南非儿童宪章》了。我得背会一段有关儿童权利的内容。"她歪了歪头说。

"难道你宁愿跳舞吗?"玛丽阿姨惊讶地问。

"那倒不是。"

"你算是侥幸躲过一劫,"她边说边用一把光秃秃的旧刷子在水槽里刷土豆,"孩子们就应该快乐、自由。只要你愿意,你就有权说'不了,谢谢'。"

问题是最近默茜说过太多"不了,谢谢"。譬如,上个星期,德韦特先生那只叫"公爵"的狗跳出他家前面的花园,沿着霍德森路追赶柠檬,在它身后狂吠。尽管柠檬飞到了一棵树上,但当默茜把它抱下来时,它还是一动不动,双眼紧闭,浑身颤抖。玛丽阿姨拿出一条旧毛巾,两人一起把柠檬包了起来,然后一起坐着陪它。在清晨的阳光下,她们时而轻轻抚摸柠檬,时而用滴管喂它糖水。几个小时以后,这只母鸡才惊魂初定。

普鲁伊特老师认为,默茜不能因为照顾一只受到惊吓的母鸡,就错过地理考试,于是打电话向玛丽阿姨发牢骚,但玛丽阿姨不同意她的看法。

"我决不会让考试之类无谓的事情耽误你成长,默茜。"玛丽阿姨放下电话时说。

默茜清楚,假如让社工听到这话,她们会有麻烦的。不过,当然了,她们还有更多需要担心的事情。

比如,在搪瓷面的餐桌上,摆出来的东西少得可怜,只有茶壶、糖和普通的奥尔巴尼黑麦面包。没有黄油,没有果酱,没有饼干,也没有牛奶。社工肯定会注意到这些情况。

"我们不用往面包上抹些什么吗?"默茜问。

"嗯,还有最后一个熟牛油果,味道还不错。"玛丽阿姨说。她起身前往餐具室,但很快空手而归。

弗罗拉阿姨在茶里放了四勺糖,一边搅拌,一边小口吃着一小片面包。她的盘子旁边放着一个椭圆形的小纸包,包了一层又一层,还用绳子绑着。

"弗罗拉,"玛丽阿姨望着厨房的窗外说,"邮件到了吗?我在等着那封信呢。"

"我这就出去看看。"弗罗拉阿姨说。她推开椅子,匆匆走了出去。

玛丽阿姨拆开纸包,里面原来是一个牛油果。

默茜静静地坐着。她感到自己热泪盈眶,但竭力眨着眼睛,不让眼泪流下来。眼前的一切变得模糊不清,她吃不下去了。

"默茜,怎么了,宝贝?"玛丽阿姨问,"亲爱的孩子,你没事吧?"

默茜竭力抑制自己的感情,但两滴滚烫的眼泪还是夺眶而出,她根本无法阻止。

第十章

飘来飘去的东西

玛丽阿姨坐在默茜的床边,递给她一块大手帕,让她擤擤鼻子。

"这叫阿尔茨海默病,"她说,"我在一本书上读到过。书上解释了弗罗拉将来会遇到的情况。当你想起某件事时,你的思绪仿佛会在大脑中沿着一条小路前进,并且很快到达目的地,所以你才能记住某个词语、某些人的面孔、你要做的家庭作业以及怎样从学校返回家中……"她凑近默茜,用一只温暖的大手摩挲着她的背。

"但对弗罗拉来说,她的道路就像被堵塞了一样。在她的大脑里,有些道路走不通,有些变成了单行道。还有些高速公路曾经车水马龙,如今却成了死胡同。那里有很多坑洼和死角。打个比方说,当市政厅外还在铺路时,假如你想到镇上的图书馆去,路上到处都泥泞难行。你还记得吗?"

默茜点点头。她清楚,自己只要一开口,就会哭出声来。

"也就是说,她的思路不再像过去那样畅通无阻。有时候,她要绕来绕去走上半天,才能走到要去的地方。过去,她可以抄近道抵达目的地,但现在那些小路已经消失了。今天早上,她想找一把扫帚清扫落叶,却告诉我,她要扫一扫那些'飘来飘去的东西'。"说完,玛丽阿姨莞尔一笑。

"将来,恐怕还会有越来越多的道路走不通。不过,跟近来才修建的道路相比,多年前铺设的道路受损反而不太严重。所以,对五十年前发生的事情,她会比昨天才发生的事情记得更清。"

"这事我们要告诉社工吗?"默茜问,佯装这是她刚想到的问题。但是话一出口,她就担心自己是不是说得过于漫不经心了。

"哦,不用,"玛丽阿姨挥挥手说,"这事不用告诉那些爱管闲事的老顽固。我们自己会处理好的,尽管这并不容易。我最喜欢的一位作家说过,人生有时可悲,有时无趣,但也充满了惊喜……"她在口袋深处翻了翻:"喏,这里就有一个。闭上眼睛,伸出手来。"

41

她把一件凉冰冰的东西放进默茜的掌心。默茜睁开双眼,看到一只黄铜做的小鸟。她用另一只手捂住它,好保护它的安全。

"谢谢。"她小声说道。

"我今天去安养院做了些整理工作,有人带去了一大盒装饰品。你想把它放到你的收藏品里吗?"

默茜从床边的松木床头柜里取出一个鞋盒,里面全都是她搜集来的各种各样的小鸟饰品。它们形状大小不一,有木制和铜制的,还有用玻璃和珠子做的,下面铺着一层棉絮和柠檬洁白的羽毛。

玛丽阿姨伸手拿起一个胡桃壳,里面雕刻着两只小鸟,正在蓝格子布里筑巢。她把胡桃壳上面的红色丝线挂在一根手指上荡来荡去。"我们以前把这个挂在圣诞树上。"她说。

默茜拿出两个陶瓷鸟头,看起来像是某种罐子上面的盖子。两者相撞,叮当作响。它们表情滑稽,长着大大的鸟喙和细长狡狯的眼睛。

"这是烟罐上的盖子,"玛丽阿姨说,"是我母亲送给父亲的。"她拿过一个鸟头,举到面前,深深吸了口气。

"真漂亮。我还能闻到上面的烟草味呢。不知道那几个罐子到哪里去了?"玛丽阿姨安静地坐着,目光飘向远方。

"闻着这个味道,我仿佛回到了过去,"她说,"我的父亲好像就站在眼前。他最喜欢他的烟斗了。"她看了看手表:"天哪,都这么晚了!我得赶紧去找弗罗拉了。记得刚才看见她在山核桃树下,正朝那群鸽子咕咕叫呢。"

现在只剩下默茜一个人了。她拿起两只鸟头,嗅着上面淡淡的温暖的烟草味。那是一种清新的气味,就像泥土或者弗罗拉阿姨在旧餐桌上擦的亮光剂一样,不过桌子已经被拍卖商搬走了。她抚过鞋盒里的小鸟,拿起一个钥匙环。这个钥匙环曾经属于她的母亲罗斯。后来,母亲的妹妹,也就是她的姨妈凯瑟琳,把它作为纪念品交给了默茜。钥匙坠是用珠子穿成的弹力手环,上面挂着一把弹簧锁钥匙。这把钥匙能打开内德班克广场的一间小公寓的门,默茜曾跟妈妈一起在那里生活了五年。她摩挲着珠子上凸起的图案,它看起来像是一只长腿火烈鸟。她只能依稀想起那间公寓,记得小阳台上铁栏杆的金属气息,还有浴室天花板上潮湿的水渍,活像一个长下巴的可怕男人。她记得母亲去世后,当她回到那里时,凯瑟琳姨妈紧紧拉着她的手,而克利福德姨父把默茜粉色的公主羽绒被套和衣物塞进一个黑色的垃圾袋里,砰地关上抽屉和柜门。默茜还记得他那阴暗庞大的身躯掠过她们,扛着那个垃圾袋穿过黑乎乎的过道,走进了电梯。凯瑟琳姨妈把默茜举到腰间,吻了吻她的脸颊说:

"别担心,我的宝贝。一切都会好起来的。"

默茜把钥匙放在鼻子下嗅了嗅。然而,除了隐约散发出的铜的气味外,她什么也没闻到。

第十一章

一只鞋

数日后,那个穿着灰色紧身西装的男子再次出现,但这次险些被她们轧到。

玛丽阿姨像往常一样,正开着那辆黄色的老爷车,准备倒出车道。不过,她脖子过于僵硬,无法左右转动,只能盯着前方。弗罗拉阿姨坐在副驾驶座上,而坐在后面的默茜负责看着后窗外面的汽车、行人、狗和母鸡。

但是,当她们冲下车道,掉头拐进霍德森路时,这名男子不知从哪里冒了出来,一巴掌拍在车顶上,让玛丽阿姨停下。

"我的个天！"弗罗拉阿姨一惊,"我们撞到人了吗？"

这名男子满面兴奋,把他那张粉扑扑的脸挤进车窗。玛丽阿姨只好使劲儿靠在驾驶座上,才能跟他保持距离。默茜记得几天前他踩到了狗屎,但愿他已经擦干净了鞋子。

"我在找奈特太太。她住在这儿吗？"

"是麦克奈特小姐。"两位阿姨一起说道。

"没错,我们都住在这儿。"玛丽阿姨说。

"麦克奈特太太,您好呀！"他把一只温暖潮湿的手伸进车窗,与她们握手。默茜发现他腋下汗津津的,于是立即在T恤上抹了抹手。

"我叫克雷文,来自'博伊斯、克雷文及合伙人事务所'。我有个投资计划……"

"嗯,克雷文先生,您瞧,我们正要出门,去超市一趟。"

"我把名片留给您。"克雷文先生说着,拍了拍口袋,掏出一张小卡片。

"祝您下午过得愉快,克雷文先生。"玛丽阿姨边说边驾车离开,把名片从肩头递给默茜。

"博伊斯、克雷文及合伙人事务所,聚落住宅专业开发商。"默茜看着名片念道。

"聚落住宅,哼!"玛丽阿姨说,"好像我们多喜欢跟其他人挤在一起似的。还想在大路上兜售投资计划,怎么可能让人感兴趣呢!"

当她们来到内德班克广场后,弗罗拉阿姨快步走在前面,把手提包和一个包裹搂在胸前。

玛丽阿姨锁车时对默茜说:"亲爱的,你看着她点儿。"

默茜只有加快脚步,才能跟上弗罗拉阿姨。默茜穿的拖鞋太大,在商场的瓷砖地上啪嗒啪嗒作响,让她感到十分尴尬。玛丽阿姨认为,给默茜买衣服鞋子就该买大点儿的,等她再长高些也能穿,但有时候默茜真希望能得到几样大小刚好合适的东西,而且不是二手货。

弗罗拉阿姨径直走进一家鞋店,在柜台上打开包裹。旧报纸里包着一只黑色的低跟鞋。

"不知道你能不能帮个忙,"弗罗拉阿姨对店员说,"我丢了一只鞋,需要再买一只。你瞧,我用不着买两只,因为我已经有一只了。我可以只买一只这个码的鞋吗?"

店员困惑地打量着她。"你说什么?"她粗鲁地问。

弗罗拉阿姨重复了一遍刚才的话。

"不行,"店员慢吞吞地大声说,"鞋子都是成双的,要卖只能卖

47

两只。"

默茜把一只手放在弗罗拉阿姨的胳膊上,想让她离开鞋店,但她不耐烦地耸耸肩,凑近了柜台。

"这也太浪费了,"她仿佛要哭出声来,"那这只鞋子该怎么办呢?我可是有两只脚哇。"

玛丽阿姨赶上了她们。"来吧,弗罗拉。"说完,她拿起那只鞋,把它放进外衣口袋。

"很抱歉,给你添麻烦了。"她对售货员说,然后一边牵着默茜的手,一边揽住弗罗拉的胳膊,把两人带出了鞋店。

"你干吗催我?"弗罗拉阿姨抱怨道,"我就是想……"

"想要什么,亲爱的?"

"我想要……你知道的。"

"我当然知道,"玛丽阿姨说,"你想要两只鞋。"

"没错,"弗罗拉阿姨答道,"我想要自己选择……跟谁说话和做什么。另外,我不希望你一直对我指手画脚。"

玛丽阿姨紧紧拉着默茜的手。默茜抬头看着她,发现她面带微笑,但也头一次注意到,原来玛丽阿姨看起来如此疲惫。

第十二章
梦　境

当她们从超市回家后,天色已经暗了下来。默茜在屋内走了一圈,检查窗帘有没有拉好。两边的窗帘必须恰好拉到正中,这样即便有人从外面偷看,也看不到一丝光线。

食品杂货在厨房的桌子上堆成了小山。在把东西放进手推车前,玛丽阿姨仔细查看了每一个洋葱,清点了每一根香蕉,甚至连每一粒豆子都不放过。她们买了一大盒杂牌袋泡茶、奶粉、一包脱水的菜豆和一袋熬汤骨。不过,其他东西都很小,包括三小块做晚餐的羊排、一小袋糖、一小块肥皂和一个长寿灯泡。

当人们排队付款时，默茜看了看其他人手推车里的东西。有人买了好几桶巧克力酸奶、衣物柔顺剂、裹着面包屑的鸡排和三种不同的奶酪。他们只是递过去自己的信用卡，瞧都不瞧一眼东西的价格。当玛丽阿姨付钱时，默茜却发现，她用僵硬的手指数出几张钞票，又倒出手心里的硬币，一分不多地递给收银员。

玛丽阿姨一边往橱柜和冰箱里放食物，一边说："好啦，虽然没有菲力牛排或者鹅肝酱，可我们这不活得好好的嘛。"她洗了洗手，从冰箱里翻出一个软塌塌的胡萝卜，开始削了起来。

"这仗什么时候才能打完？"弗罗拉阿姨问，"真是受够了粮食配给。我要烤个蛋糕。上星期莫里斯太太就给我们烤了个蛋糕。你知道她是用什么做的吗，默茜？她没有黄油，于是用石蜡油代替！我也要给你们做个香喷喷的石蜡油蛋糕。"

砰砰砰！

有人在拍大门上的黄铜门环，震得屋子嗡嗡作响，听起来的确像是枪声。

玛丽阿姨放下削皮刀，用毛巾擦干双手，前往查看。默茜听见客厅里啪嗒一声，电灯开了。

她一阵恐惧，顿时感到口干舌燥。难道这么晚了社工也会登门造访吗？她在厨房里听到一个男人的声音，接着玛丽阿姨说："现在恐怕不合适。"

弗罗拉阿姨在餐具室里走来走去,摸索着那些塑料袋。默茜想跟大人在一起,但餐具室里黑漆漆的,因为玛丽阿姨卸掉了里面的灯泡,把它安到了客厅,所以她只好蹑手蹑脚地溜进过道,想离玛丽阿姨更近一些。

她瞥了一眼墙角。竟然又是克雷文先生!只见他一手撑着门框,把身子探了进来。

默茜躲在过道里,以免被他们看到。她站定脚步,把脑门儿贴在冰凉的墙壁上侧耳细听。

"不是,"他说,"我们必须全都……这片空地本身太小了。"

"但克雷文先生,我们还住在这儿呢,而且也没打算卖房。"玛丽阿姨一字一顿地说道,仿佛对方有些耳背一样。

"哎呀,麦克奈特太太,没有什么东西是不能卖的。请您先听我说完……"

"不,请你先听我说完,克雷文先生。我们姐妹俩在这栋房子里住了六十五年了,而且压根儿没打算搬家。"

"好吧,请让我把这个给您……您有空的时候可以看看。"

一阵短暂的沉默。

"谢谢。晚安吧,克雷文先生。"

说完,她关上了门。

默茜听见玛丽阿姨打开客厅那张用来摆放电话的小书桌的抽屉。接着,她迅速溜回厨房,免得被玛丽阿姨发现。

那天的晚饭难以下咽。羊排硬邦邦的,每吃下去一块,都要喝很多水。但更让默茜心烦意乱的是,玛丽阿姨对克雷文先生及其提议只字不提。她一直在等着玛丽阿姨说些什么,但只听到刀叉碰撞的声音。就连弗罗拉阿姨也沉默不语,一个劲儿地嚼着羊排。她往嘴里塞的食物越来越多,直到两颊鼓起,但尽管她大嚼特嚼,那团食物却怎么也咽不下去。她看起来用尽了力气,两眼都泪汪汪的。

"弗罗拉,亲爱的,你不用非得吃下去,"玛丽阿姨终于开口了,"这肉也太老了,要是让我说,这肯定不是羔羊,大概是头公羊吧。"弗罗拉阿姨这才小心翼翼地把羊排吐进手帕,塞到羊毛衫的袖子里。

随后,当默茜做完家庭作业,读完从图书馆借来的那本书后,她看见玛丽阿姨正在洗晚上用过的餐盘,便悄悄回到客厅。她很讨厌门上的那扇窗户,因为窗子没装窗帘,外面黑漆漆的。她想象着有个高个子的长腿男人正从外面窥视屋内。她打开电话桌的抽屉。电话簿上放着两本小册子,其中一本是用光面纸印刷的,上面画着一栋浅褐色的小房子。一幅照片占据了半页,照片上一家人依偎在沙发上,旁边还有一只小狗。宣传册上写着:博伊斯、克雷文及合伙人聚落住宅,共有12个单元!专为新式家庭开发!振奋人心,价格合理!快来加入我们,共同展望未来!

另一本小册子介绍的是位于西街的一所名为常青园的安养院。上面印着两张照片,一张是一支粉色玫瑰的特写,还有一张是穿着连体服的清洁工和一行大字:快乐的清洁工让一切都干干净净、整整齐齐。默茜曾到高速公路附近的安养院拜访过弗罗拉阿姨的朋友马林斯太太。当时,她既没有看见快乐的清洁工,也没有看见什么玫瑰,只觉得房间的天花板太低,走廊里太黑。那些裹着针织毯的老太太们都在看电视。有一个老太太嘴里什么东西都没有,却不停地嚼来嚼去。还有一个老爷爷在砖砌的院子里四下转悠,又是拍胳膊,又是扯头发。那地方弥漫着一股煮熟的碎肉味儿,让她不禁想起了学校的男厕所。

她把两本小册子都塞回了抽屉里。

就像每天晚上一样,当玛丽阿姨过来道晚安时,她把默茜的枕头翻了个面,好让默茜凉快一些,然后一只手温柔地抚摸着她的额头。默茜紧握那只手,希望玛丽阿姨能坐在床边,静静地陪着自己,但弗罗拉阿姨穿着睡衣,拖着脚走了进来。"我要上卫生间,"她说,

"可卫生间不见了。"于是,玛丽阿姨松开手,带着弗罗拉阿姨去上卫生间。

她好不容易才睡着,可又怎么也睡不安稳。她的睡梦仿佛是个蛇坑,充满了可怕的情景。默茜梦见自己被锁在一个房间里,但透过窗户,她看见过世的母亲罗斯飘飘悠悠地浮在空中。在房子外面,她的姨父克利福德一边大喊,一边朝门上扔东西。"罗斯死了!"他喊道,"罗斯故意这么对我的!我不过犯了一个错误,现在却要永远照顾这个小家伙。"

"默茜只是个孩子,"她听见凯瑟琳姨妈哭道,"这不是她的错!"

只有到了清晨,当鸟儿开始啁啾啼鸣时,玛丽阿姨才会穿过黑暗,带走默茜,远离一切喧闹。默茜搂住玛丽阿姨的脖子,让她把自己抱进黄色的汽车,越开越远。她终于可以安安稳稳地睡个长觉了。林间有鸽子飞过,树叶沙沙作响。玛丽阿姨说,她再也不会看见克利福德姨父,再也不用听他大吵大嚷了。

第十三章

我有权说不

"大声一点儿,默茜!"普鲁伊特老师吼道,"你要把声音抛出去。"她站在大厅后面,伸出双臂夸张地比画着。

然而,尽管普鲁伊特老师希望自己炸雷般洪亮的嗓音能够带着默茜的声音,一路传到大厅后面,效果却不尽如人意。

普鲁伊特老师给每个人都制作了标语牌。在观众能看到的那一面,"有权"是用粗黑体写的:我有权得到保护。我有权对暴力说不。我有权接受教育。默茜的标语牌上写着:我有权拥有一个安全的家庭。在每一块标语牌的背面,普鲁伊特老师都打印出了完整的内容。因此，即使有人没有背会台词，他们也可以照本宣科。她希望这样可以避免把事情搞砸。

但默茜发现这样根本行不通。比如，普鲁伊特老师已经把桑多要背的内容缩写为：所有儿童均有权免遭暴力侵害。但桑多行使了自己保持沉默的权利。

"我有权说不！"他大声说道。不管普鲁伊特老师怎么讲，要他念出整个句子，都行不通。

"桑多，你可真让人费劲。我们很快就要当着全校集体表演了，难道你不激动吗？"普鲁伊特老师问。

"我还没呢，普鲁伊特老师，可我敢肯定，我一会儿就会感到激动的。"他说。

普鲁伊特老师无奈地用作业纸一拍大腿，把目光转向坐在舞台台阶上的尤兰达。尤兰达正在检查马尾辫上的分叉，而JJ挥舞着尤兰达的标语牌，标语牌宛如一把光剑，在空中呼呼生风，发出阵阵噪声。

"住手，JJ！"普鲁伊特老师喝道，盛怒之下声音都变得尖厉起来。

尤兰达收回标语牌，大口喘着粗气念道："所有儿童均有权受到虐待、忽视和辱骂……"

"你说什么?"普鲁伊特老师打断道。

"所有儿童均有权受到虐待……"

"这话是什么意思?儿童怎么能受到虐待呢?你知不知道自己念的什么?"

尤兰达再次看了看贴在标语牌背面的原文。"免受虐待、忽视和辱骂。"接着,她低声说道,"受到,免受,差不多吧……"

"不对,不是'差不多',尤兰达。这两个词完全不同,这一点很重要,用错了意思就变了。但是……唉,我这不是自寻烦恼吗?"普鲁伊特老师转过身,走到大厅后面,背对教室站着,把头倚在铁栏杆上,两只纤细的胳膊无力地垂在身旁。

全班陷入了沉默。

默茜转过身,看看有没有人能够扭转局面,给普鲁伊特老师打打气。然而,在舞台后面的台阶上,碧翠丝和奈丽斯韦正互相击掌,只是不敢发出声音。她们觉得,假如普鲁伊特老师精神崩溃,这节课她们就自由了,所以准备庆祝一下。

普鲁伊特老师走了出去。默茜听见身后有响动,大厅后面的盥洗室门吱呀一声开了,然后被砰地关上。

奈丽斯韦开始悄无声息地在台阶上跳起了托弋托弋舞①,只见

---

① 托弋托弋舞即左右交替抬腿,表示抗议。

她交替抬起双膝，举起右拳向空中击打，而左手仍在挥舞着标语牌。碧翠丝也加入进来，两人都赤着脚，轻轻地但有节奏地踩踏着地板。这节奏很有感染力，其他人也很快紧握拳头，随着无声的节拍向空中挥击。

站在默茜旁边的奥利芙吓得瞪大了眼睛。她凝视前方，蓝色T恤塞在运动短裤里，把标语牌像盾牌一样举在面前。那天早上，从来到学校以后，她就与默茜寸步不离，仿佛一只无翅的飞蚁，紧紧抓住前面的飞蚁，在地板上游来荡去。

桑多跳上台阶，朝前挥舞着手臂。"嘿，伙计们！快停下！"但这似乎适得其反，大家的膝盖抬得更高，拳头也握得更紧了。

桑多用标语牌戳了一下奈丽斯韦，但她并没有停下，于是他又挥了挥标语牌，险些碰到她的脸。就在此时，普鲁伊特老师走了进来。

"桑多！"

"抱歉，老师。我只是……"他举起双臂。

"你只是什么，桑多？只是想用标语牌砸谁的脑袋吗？我今天顾不上管你，只给你记过，记两次过。要是你再啰唆，就记三次。马上就要下课了，如果再有人给我捣乱，也一起记过。好了，你出去，出去！去找格里塞尔校长吧。"她挥了挥手。

桑多放下标语牌,走了出去。

奥利芙轻轻捅了一下默茜的腰。"去告诉老师呀,"她低声说道,"这对桑多不公平,得让她知道。"奥利芙环顾四周,对碧翠丝怒目而视。

默茜突然感到耳朵一疼,接着一根橡皮筋落在她脚上。她转过头,看见碧翠丝站在高台上,身体挺得笔直,扭了扭嘴巴,示意她不要说话。

排练继续进行,没有再发生意外。大家对老师都言听计从。当普鲁伊特老师告诉同学们,在表演的末尾,他们要手拉手,齐唱"我们是世界,我们是儿童"时,甚至没有人表示不满。不过,默茜可以想象,等桑多得知普鲁伊特老师设计的这个激动人心的压轴戏时,他大概又要出言打趣了。

"太平淡了!"普鲁伊特老师说,"来吧,带上点儿感情。"

标语牌不轻,再加上举了这么长时间,等到排练结束时,大家都只能拖着标语牌在地上走了。

当所有人准备离开大厅返回教室时,奥利芙一边喊着"借过,借过",一边挤出人群,想找老师说话。普鲁伊特老师正在忙着把标语牌往墙上靠,碧翠丝一把推开奥利芙,轻轻拍了拍老师的肩膀。

"我能帮您把这些送到储藏室吗,普鲁伊特老师?"她问。

"谢谢了,碧翠丝。"普鲁伊特老师说,"这个班上至少还有一个懂事的孩子。"她开始把一个个标语牌放到碧翠丝怀里。

默茜看见奥利芙退到了一边。

第十四章
寻找房客

默茜在图书馆外的楼梯间里看到了桑多。他拿着一个水桶和一把硬毛刷,正仰头看着面前水泥墙上的一大片污渍。大部分污渍都齐肩高,是学生们靠在墙上蹭出来的。因为楼道拐弯的地方太窄,年复一年,这一片地方就变得油迹斑斑。

"嗨。"她说。

"嘿。"桑多说。

"这是格里塞尔校长对你的惩罚吗?"

"是呀。"

"真遗憾。"

"不要紧,没事的。我爸常说'这都是你自作自受'。"他笑着说道。

"如果你愿意,我来帮你。"

"行啊,不过……"桑多低头看了看手里的那把硬毛刷,"我只有一把刷子。哈特肖恩先生锁过库房就回家了。"

"我回家去拿一把。我住得很近。"

默茜一路小跑,骑上自行车。

她到家后,看见弗罗拉阿姨从小径上捡起一片剑蕨叶。

"默茜,亲爱的,你瞧,我得救出来这个小东西……我记得,它叫嗡嗡嗡什么的。"她走上红漆台阶,用手里的叶子指了指茶杯。

默茜瞥了一眼茶杯,发现一只小蜜蜂正在香甜的牛奶里挣扎。

弗罗拉阿姨把剑蕨叶伸进茶杯,蜜蜂抓住叶子爬了上来,终于免得一死。"我得去喷泉那里洗洗。"说完,她手拿树叶左顾右盼,感到越来越困惑。

"哎呀!喷泉呢?刚才还在这里呢,难道被人偷走了?又没有了吗?"她叹口气,把蜜蜂甩到美人蕉丛里。随后,她似乎忘了喷泉和蜜蜂。

"默茜,亲爱的……快过来洗洗手。我们该……温妮和鲁比要过来。到时候,我们会一起去鸟类保护区,好好散会儿步。"她掀开羊毛衫一角,露出塞在运动裤松紧带里的一个棕色纸袋,"我还给温妮准备了一份精美的生日礼物呢。"

"玛丽!"她朝走廊上喊道,"我们得抓点儿紧。温妮和鲁比要过来。他们说到就到了。"

默茜看见玛丽阿姨在院子里,正往晾衣绳上挂湿淋淋的床单。她看起来并不着急,不像是有人要来做客的样子。

"默茜,亲爱的,"玛丽阿姨嘴里叼着一个衣夹说,"我告诉你件事。你还不知道呢。"

"我知道了,不就是有一个叫温妮和一个叫鲁比的人要来喝茶嘛。"

"唔,那就奇怪了,"玛丽阿姨说,"他们已经过世二十五年了。我俩还是小女孩时,跟他们是好朋友。"

她不再夹床单,眼神有些茫然。"夏天的时候,我们经常穿着睡衣,在维多利亚街的人行道上玩跳房子。"

默茜想不出玛丽阿姨穿着睡衣玩跳房子的样子,也想不出维多利亚街上有什么地方可以做游戏,因为如今那一带超市林立,到处都是停车场和商铺。

"我要告诉你的是,如果我们找个房客,也许是个不错的主意。"玛丽阿姨用手背擦了擦前额说。

"房客?"

"我们可以把后屋修缮一下。"玛丽阿姨冲车棚后面爬满紫藤的小黑屋点点头,那里一直被当作储藏室,"里面通水,有洗手间,不过当然还要刷一下油漆,再安个水槽。"

默茜惊诧不已。她不清楚跟外人一起生活是什么样子。但家里多一个人,也许她又要多一桩烦心事。

"我们可以收点房租,"玛丽阿姨说,"手里的钱也会宽裕些,眼下的日子越来越不好过了。"

"我们不会把房子租给克雷文先生,对不对?"

玛丽阿姨吃了一惊。默茜后悔不该提起这个名字。

"你还记得他呀?不会,我们不会租给克雷文先生的。我们要找个教养良好的人。"

教养良好? 她们怎么会知道那个人是不是教养良好。

"这个周末就着手吧。我会请德韦特先生帮忙的。"

默茜帮玛丽阿姨拿起另一条湿床单,挂在晾衣绳上。"好吧。"她说,"我要拿一把硬毛刷,到学校帮同学清理墙壁上的污渍。我得出发了。"

"我记得在大水槽下面放着,"玛丽阿姨说,"我们给你留点儿茶。"不管默茜去哪儿或者跟谁在一起,玛丽阿姨从来不会大惊小怪。这一点默茜有时不太理解,但今天她挺高兴的。

默茜把水槽下面的东西全拿到了地板上,可没看到硬毛刷,只有一堆破布、一沓旧报纸、一个装满旧牙刷的塑料杯和一个冰淇淋罐。

她听见炉子上水壶咕嘟嘟作响。接着,防风门啪嗒开了,玛丽阿姨从餐具室走过她身边,进了厨房。

"玛丽,我都干了好几遍了,但就是干不完。"弗罗拉阿姨抱怨道。

"干什么,亲爱的?"

"我忘了。"弗罗拉阿姨说。

"哪里都找不到硬毛刷。"默茜说。玛丽阿姨看了看她妹妹。弗罗拉阿姨看了看自己的毛衣袖,里面塞着一只手帕。

那把硬毛刷再也找不到了,恐怕不知被裹在几层报纸里,放在什么地方了。钢琴里?鞋子里?床垫下?

"那我把这些旧牙刷拿走行不行?"

"当然可以。对了,默茜,"玛丽阿姨边说边从手提包里摸出几张钞票,"街角卖报的先生人挺好的,要是他还在的话,你能不能帮我买一份《见证者报》？我得看看,后院的小屋现在能租多少钱。"

默茜接过钱，回到学校，准备用那几把旧牙刷帮桑多清理墙壁。

第十五章

同音词

"我以为格里塞尔校长让你清理楼梯间,桑多。"普鲁伊特老师接过点名册说。

"对呀,普鲁伊特老师,我清理过了。"

"你清理的是几块墙面,桑多,而且不仅没有清理干净,还破坏了公物。"

"我没有破坏公物,普鲁伊特老师。这跟喷绘差不多,我是在清理墙面。"

"省省吧,桑多,你当我糊涂吗?你就是破坏公物。在水泥墙上

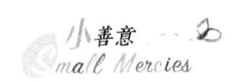

刮出一个一米多高的'不'字……简直就是不听话。还有,你在旁边的墙上写着'儿童全力',是什么意思?你要是真聪明,就先把字给我写正确。"

"我是在替您宣传呀,您知道的,就是集体表演和儿童全力什么的。"

"你写的可不是'权利',而是'全力'。话说回来,集体活动必须参加,用不着你替我宣传,谢谢了。"

普鲁伊特老师来到黑板前,写下"权利""权力"和"全力"三个词。"它们读音相同,但写法不同。你们谁能给我说说,这叫什么词?"

教室里一阵咕哝声。大家听桑多和老师顶嘴,正听得起劲,不承想突然转入正题。默茜看到桑多坐在普鲁伊特老师鼻子底下,正从椅子上慢慢往下溜,眼看就要从她视野中消失了。当普鲁伊特老师往黑板上写字时,他转过身来,冲默茜睁大了眼睛,不知道自己哪里不对。

"谁来回答?"普鲁伊特老师问。全班陷入了沉默。"我给你们个提示,这叫同……"

"同……?"

"同什么?"

"同花顺!"桑多自告奋勇地答道。

全班一阵窃笑,奈丽斯韦又像平常那样,假装咳嗽起来。

"你真行,"普鲁伊特老师喷喷两声,"这叫同音词。"说完,她在下面画了条着重线。"桑多,你下课不要走,给我想出一组同音词来。等其他人放学以后,我会亲自监督你清理墙壁,并且要'全力'清理干净。"

桑多翻了翻眼珠,往后一仰脖子,仿佛遭受了重击。

默茜撕下一页纸,写下自己刚刚想起来的几组同音词:

窗口　创口

上船　上传

达到　答道

食用　实用

每周　美洲

当全体起立,准备为集体演出进行最后一次简单排练时,她悄悄把纸条塞到桑多手里。

"有人在传情书吗?"站在他们身后的碧翠丝问,"大家快看呀!默茜和桑多在传情书呢。真有意思!"

第十六章
家长会

但桑多并不是唯一一个放学后被留下的学生。对于这次集体排练，普鲁伊特老师十分不满，所以下课铃响之后，大家都在等着挨批。一切都不顺利——有四个人忘了台词；一个人把珍妮丝推下舞台，她被气哭了；碧翠丝没有穿普通的运动短裤，而是穿了剪短的牛仔裤；桑多扯着喉咙喊了一声"不"；默茜虽然努力配合，但普鲁伊特老师说，她的声音就像蚊子哼哼。

"我很失望，"普鲁伊特老师说道，"对你们所有人都很失望。"

事情还不止于此……

"大家都知道,这个月底我们要开家长会。"普鲁伊特老师说。

默茜并不知道,所以被这个消息吓了一跳。弗罗拉阿姨和玛丽阿姨真的要来学校吗?一想到这里,她顿时焦躁起来。

"有两件事需要你们考虑,"普鲁伊特老师说,"家长会的主题是'我为南非自豪',所以我们需要准备一面南非国旗和一些能够展示南非特产和发明的东西。大家最好都能带上几样南非美食,参加随后举办的野餐会。"

"什么是南非美食,普鲁伊特老师?"碧翠丝问,"我可不吃可乐豆木虫。"

全班人异口同声:"恶心!"

"别开玩笑了,碧翠丝。"普鲁伊特老师说,"南非有多种多样的美食,比如布尔香肠、鲜奶挞、弗里卡德球、萨姆萨斯咖喱角……谁也不用吃可乐豆木虫。"

奥利芙举起手说:"请问,什么是弗里卡德球?"

"是一种肉丸。"普鲁伊特老师答道,"你们可以回家想想,我们回头再谈美食。"

默茜已经开始考虑这件事了。她可以想得到那种场景:同学们的父母砰的一声关上大型银色轿车的车门,身穿整洁的套装陆续到来。在她的想象中,他们一起谈笑风生,父亲们在操场上支起烤架,拿出折叠椅和冷藏食品盒,开始烤肉。接着,她想象着玛丽阿姨和弗罗拉阿姨戴着硕大的太阳帽,穿着开襟羊毛衫,开着一辆破旧笨重的黄色轿车驶入停车场。玛丽阿姨拎着一个用过的面包袋,里面装着野餐用的食物;弗罗拉阿姨卷起运动衣的下摆,紧紧抱着一个扎得严严实实的包裹——她一紧张就会这样。默茜甚至能够听到玛丽阿姨告诉普鲁伊特老师,要让孩子们大量背诵诗歌,这一点很重要。最后当然还要在操场上举办野餐会。呃,到时候她们会和谁坐在一起?

"还有一件事,你们现在就可以想想看,这是一项家庭作业。"普鲁伊特老师的声音把默茜拉回了现实,"你们要挑选一位人生楷模,一个启发过你的人。过几个星期,大家要对全班讲述自己所选的楷模。我会抽上课时间让大家到图书馆搜集资料,但回班后,我希望你们已经想好了名字,最晚下星期三四就要考虑好。希望大家认认真真地进行准备。这是一次正式考评,也是一个学习机会。想一想对你来说真正重要的是什么,你的价值观又是什么。"

JJ举起了手:"您的意思是我们必须在吉赛尔·邦辰和坎迪斯·斯瓦内波尔之间选一个吗?"

"唉,天哪,JJ!我说的是楷模,不是超模。"

"有区别吗?"JJ环顾四周,耸了耸肩。全班人都笑了起来,普鲁伊特老师一脸沮丧,颓然地把胳膊支在桌子上。

"想笑就笑吧,"她有些无奈地说,"慢慢来,这次你们恐怕要绞尽脑汁,才能想出鬼点子来捣乱。说实话,我倒想看看这一回你们能把事情搞成什么样。别让我失望!"说完,她抄起课本,昂首走出教室。

"威斯米德小学的老师从来不会这样对我们说话。"大家收拾书包准备回家时,奥利芙对默茜说。

"那你应该留在威斯米德小学呀,"碧翠丝说,"说真的,你为什么不选威斯米德小学的一位老师做你的楷模呢?"

奥利芙戴着厚厚的眼镜,朝碧翠丝眨了眨眼。她的眼睛很大。

"同学们,同学们,同学们!我忘了一件事……"碧翠丝换了副腔调,仿佛刚刚打开大脑里的某个开关。"在你们回家之前,我得把生日请柬发出去,别忘了回复哟,"她一边说,一边翻着书包,"因为我妈妈要按人数订餐。"

她拿出一沓请柬,开始向大家分发。出人意料的是,默茜收到了一份。接着是桑多和尤兰达,当然还有奈丽斯韦。

默茜注意到,她没有给奥利芙。

"太好了,谢谢!"奈丽斯韦说,"下周五在威姆比商场的聚会。

我参加。"

"耶!"碧翠丝说,"内莉①,今天下午你想来我家玩吗?我们可以一起考虑一下选谁做人生楷模。我要选麦莉·赛勒斯。我已经想好了。"

"不会吧!我本来也要选麦莉·赛勒斯呢,"奈丽斯韦说,"不过没关系……我换成碧昂丝②好了。"说着,两人手挽手离去。

"拜拜了,伙计们。"桑多把请柬塞进口袋说,"我要去做学校维修。普鲁伊特老师还在等我呢。"他边跑边把一个塑料瓶高高抛向空中,然后一个箭步接了回来。

"我能到你家做口头作业吗?"奥利芙有些鼻塞,一边用嘴呼吸,一边瞪大眼睛望着默茜问,"我妈可以开车送我。我想我要选弗罗伦斯·南丁格尔。"

"你的人生楷模是弗罗伦斯·南丁格尔?"

"对。她是个护士。要不我就选凯特什么来着,就是剑桥公爵夫人。你觉得怎么样?"

"我不知道。"

"那我可以去你家吗?"

---

① 奈丽斯韦的昵称。
② 麦莉·赛勒斯和碧昂丝均为娱乐明星。

默茜不知该如何是好。她觉得自己仿佛正端着满满一盆水在走路,因此必须小心翼翼,才能不让水溅出来,流进黑暗的下水道里。这周末她不能让奥利芙或者任何人去自己家里。

　　"奥利芙,"她说,"对不起。只是,这周末……"

　　但奥利芙根本没等她说完,就径直转过身,低下头去,穿着那身笔挺的新校服离开了。默茜知道奥利芙就要哭了,只是不想让自己看到。

　　默茜觉得自己也有点儿想哭。

第十七章
缝纫机

星期六早上,默茜家里热闹非常。

住在对面的德韦特先生带着一套工具和一根塑料管来安装水槽,这是玛丽阿姨为了出租房子,从兰加利巴勒街的"百家好二手店"买来的旧货。

弗罗拉阿姨的故交马林斯太太提前赶到,带着两个饭盒,颤颤巍巍地走上门前的小路。默茜打开盒盖。蜡纸上放着几个深褐色的玛芬蛋糕,上面盖着一层厚厚的人造奶油和碎奶酪,还有几个油炸甜点,金黄的麻花状面卷上淌着糖浆。

"考克喜斯特①和玛芬蛋糕等会儿再吃。"马林斯太太说,"先给我拿把椅子,再给我倒杯水。我想让你把门廊的灰尘打扫一下,要不然会弄脏我织的东西。"说着,她抬起圆滚滚的胳膊,从腋下拿出一个布包,里面露出了淡黄色的毛线。默茜拿来椅子和水,在门廊上打扫出一片干净的地方。她真想回到后院,帮忙清理小屋里的箱子,但马林斯太太说话的时候,总是希望有人当听众。

马林斯太太叹了一口气,一屁股坐在椅子上。默茜真心祈祷这张旧帆布椅能撑住她的身体。马林斯太太俯过身来,用一根毛衣针戳了戳晾在矮墙上的一排茶袋。"我有没有跟你讲过,有一次我哥哥把草原上的野鼠做成了干肉条?"

默茜当然清楚,她即便说"知道"也没什么用。假如一个老年人想要给你讲故事,没有什么能够阻止。他会一讲再讲,以防你记错。于是,默茜佯装对马林斯太太的故事很感兴趣,第三次听她讲起自己的哥哥是如何把小野鼠剥皮,腌制,然后钉在木屋的墙上晾干。

这时,默茜听到有人在厨房门外喊了声"哎呀",于是立即跳起身来,绕到后院。她发现玛丽阿姨抱着一个巨大的纸箱,手中还抓着几本杂志,脚步踉跄。纸箱的底部已经腐烂,杂志从她手中一本

---

① 南非荷兰语,意思是"金色的辫子",是一种把糖浆注入麻花状油炸面卷的南非特色食品。

本滑落,掉到小路上。

"天哪!"玛丽阿姨说,"这里杂七杂八的东西太多了,过道都放不下。我想先整理一下,然后把没用的扔掉。里面有些东西可以送到安养院去。"

"如果你愿意,可以把它们放到我的房间里。"默茜说。

"好吧,那就把这些杂志捡起来,先放到你那里好了。"玛丽阿姨说,"还有,默茜,请帮我把缝纫机支到阳台上,你去坐在弗罗拉旁边。看在上帝的分上,一定要提醒她,只把窗帘裁短一些就行了,不用做什么百褶。"

她从纸箱里拿出一条长长的霉迹斑斑的蓝色窗帘,抖了抖上面的灰尘。蜘蛛和蠹虫纷纷掉落,四散奔逃。卧在番石榴树下一个土坑里的柠檬冲了过来,啄向那些准备躲到门垫下面的虫子。

"玛丽!默茜!看看我在小屋外的天竺葵后面发现了什么!"弗罗拉阿姨边说,边顺着小路朝她们走来。她双手提着围裙,里面装满了鸡蛋。"我终于弄明白了……那什么……在哪里下的蛋。"说完,她走进了厨房。

"估计大部分鸡蛋都坏了,"玛丽阿姨说,"我们可不能留着让她做煎蛋,否则屋里会臭气熏天的。哦,对了!德韦特先生让我给他关掉水闸来着。那个水槽……"

玛丽阿姨也离开了。

默茜捡起厨房外面的杂志,扔进自己的卧室,然后把金属架上的旧胜家牌缝纫机拖到门廊上,帮弗罗拉阿姨把窗帘的底边夹好。

德韦特先生大步流星地在小路上走来走去,不时对儿子大声喊,"把大扳手给我",或者"我得去买几个橡胶垫圈"。

在他们身后的小屋里,玛丽阿姨累得气喘吁吁,她先把杂志挑出来,一摞摞放在过道里,再把一箱箱杂物堆进默茜的房间。就连柠檬也忙得不亦乐乎,在小路上来回奔跑,一边啄着小虫,一边开心地从喉咙深处发出咕咕的叫声。但是突然,柠檬"嘎"的一声……一定是在黑乎乎的过道上被玛丽阿姨踩了一脚。坐在弗罗拉阿姨身旁的默茜噌地站起身,但当她跑到跟前时,玛丽阿姨已经抱起柠檬,把它放进默茜的卧室,并且关上了门。

于是,默茜回到门廊上,继续给弗罗拉阿姨帮忙。如果不是她把别针递给弗罗拉,这位阿姨就会用嘴叼着它们,然后忘得一干二净。弗罗拉阿姨咔嗒咔嗒踩着踏板,默茜帮她托起沉重的窗帘,让它穿过缝纫的针。底边缝好后,弗罗拉阿姨抱起窗帘,向后院走去。

马林斯太太还在滔滔不绝、啰啰唆唆地讲做菜的事。"所以我告诉多琳,要是她不想让食物干掉,她应该用带盖的炖锅,可……"马林斯太太突然打住话头,向空中嗅了嗅,"这是什么味道?"

79

厨房里传出一股难闻的气味。

鸡蛋！默茜跑进厨房，但为时已晚。弗罗拉阿姨已经打开炉子，正搅拌着锅里的炒蛋。那股臭气着实令人难以忍受。

"哎呀，天哪！原来是那些鸡蛋！"玛丽阿姨冲了进来，抄起炒锅，把里面的鸡蛋一股脑儿倒掉，然后用力打开厨房的窗户。

"我只是想做个午饭，"弗罗拉阿姨站在厨房中间，眼看就要哭出声来，"冰箱里的东西恐怕不够我们几个吃。"

奇怪的是，弗罗拉阿姨似乎对这种味道毫不介意，但默茜还是带她离开厨房，走进客厅。弗罗拉阿姨坐到钢琴旁，用手指反复敲打着一个键。叮，叮，叮。默茜觉得仿佛有只小鸡在啄自己的脑袋，于是走到马林斯太太身边，看看用不用帮忙，只见她正来回扇动一本旧的《花园与家庭》杂志，想让臭鸡蛋的味道飘到窗外。

就在这时，默茜听到有人轻叩前门的门环，喊道："喂，喂，有人在家吗？"

她看了看玛丽阿姨，但她正眉头紧皱，把臭烘烘的炒蛋往堆肥上倒。于是，默茜自己来到门口。

"你好！"一位女士说着，把太阳镜从脸上摘下来。"我是儿童福利中心的奈杜太太。你就是默茜吧？"她歪着头笑了笑，"我是负责查看你情况的社工。"

第十八章
黑　洞

社工离开后,默茜坐在床上,把双膝抱在胸前,缓缓前后摇摆。她觉得,面前仿佛出现了一个巨大的黑洞,而像她这样的孩子很容易掉入其中。这个黑洞深不见底,一旦掉进去,就会一直下坠。当母亲去世时,她在黑洞边站立不稳。后来,当她搬去跟凯瑟琳姨妈和克利福德姨父一同居住时,她再次来到黑洞边缘。然而,弗罗拉阿姨和玛丽阿姨伸出援手,把她从黑洞边拽了回来。而现在,默茜清楚,她又一次来到了黑洞的边缘。

默茜把奈杜太太带到起居室,弗罗拉阿姨坐在钢琴前,仍在弹奏着同一个音符：叮，叮，叮。奈杜太太选了把状况最差的椅子坐下，默茜到后院把玛丽阿姨叫了进来。

"奈杜太太，您来得太突然了。"玛丽阿姨说，"真不凑巧，屋里有一股怪味，我很抱歉。"

"只不过是几个坏鸡蛋，不用担心。"弗罗拉阿姨打断道，"要是您喜欢，我们可以拿鳄梨或柠檬给您吃。"

不过，奈杜太太并不想吃柠檬或鳄梨。她说很遗憾事不凑巧，但她之前打电话约过时间，得到的答复是可以过来。

玛丽阿姨看看弗罗拉，只见她垂着头，正卷着围裙的下摆。

奈杜太太想让人带她参观一下这所房子。

"我需要确保我们安置到这里的小默茜……"她扭头笑着看向默茜，把屁股从椅子硌人的弹簧上挪开，"有一个安全健康的生活环境，并且能得到良好的抚育。"

默茜感到玛丽阿姨用一只手轻轻摩挲着她的肩膀。

"当然了。您都想看什么？"

"我们先来看看学校的成绩报告吧。"

"呃，那些都被我扔掉了。"玛丽阿姨说，"不过我向您保证，她学习成绩优异。我们只是不习惯保存成绩报告而已。"

"您都扔掉了？为什么呀？"

"这个嘛,我一直认为,表扬太多或太少同样不好。默茜的报告里都是表扬,我觉得这不利于她成长。这对青少年来说是一种损害。她要懂得好好学习是为了获得知识,而不是为了拿高分或者受表扬。我相信您也一定这么想吧,奈杜太太?"

然而,奈杜太太并不这么认为:"今后请保存好她所有的成绩报告,虽然您觉得这样做不利于青少年成长,但我需要看看它们,否则我就只能到学校复印了。"

"好的,我会的。现在我带您看看这所房子吧,好不好?恐怕屋子里有点儿乱,因为我们正进行改装。"说完,玛丽阿姨领着奈杜太太走上小道,弗罗拉阿姨和默茜也跟在后面。

奈杜太太把头探进浴室。默茜站在过道上就可以看到满是脏水的浴缸和湿漉漉的浴帘。奈杜太太走了进去,像生怕踩到什么脏东西一样,拉动马桶上方老旧的链条,但贮水箱里没有水。

"我们刚才关掉了水闸,因为要安装新的水槽。"玛丽阿姨解释道。就在这时,水管里砰的一声,接着咯咯作响,水从其中一个水龙头里哗哗地淌出来。

"好了,来水了。"玛丽阿姨关上了水龙头。

回到走廊里后,在一片漆黑中,奈杜太太险些被一堆杂志绊倒。她试图稳住脚步,但是当一只蜘蛛爬到她腿上时,她顿时尖叫起来。

"这是你的卧室吗,默茜?"她打开走道尽头的门问。不过,默茜还没来得及回答,一只母鸡就咯咯叫着,飞扑到她脸上。

奈杜太太惊叫着,用文件夹挡住了脸。柠檬比奈杜太太更快恢复了从容,一颠一颠地出了走廊,拐进厨房不见了。

弗罗拉阿姨紧紧抓住默茜。"这位胆小的女士是谁?"她低声说,"我认识她吗?"

"我可以到外面跟您说句话吗?"奈杜太太问玛丽阿姨。

当两人在门廊前低声交谈时,默茜悄悄走进弗罗拉阿姨的卧室,想要听听她们说些什么。奈杜太太在矮砖墙上坐下,把笔在文件夹上摆好。

"她参加过哪些课外活动?"奈杜太太问。

"课外活动吗?"默茜听到玛丽阿姨说。

"比如芭蕾舞、艺术课、钢琴课……"

"我知道什么是课外活动。我只是觉得她不需要。她在家里就能参与各式各样的活动。就在这里,她完全可以接受最好的教育。她会煮饭、读书、养鸡、弹钢琴、种莴苣……请问,作为一个孩子,她还需要做什么吗?"

但接着弗罗拉阿姨走了过来,站在她身边,手里拿着马林斯太太的一个饭盒,下巴上还沾着不少糖浆。

"你一定要尝尝这些考克喜斯特,默茜。我都吃了三个了。"但默茜没有胃口。她听到玛丽阿姨大声说:"这里很安全!她在这里才最安全!"

看见玛丽阿姨转身进屋,默茜连忙跑去找她。

玛丽阿姨搂住默茜的肩膀,两人站在客厅的窗前,目送奈杜太太沿着小路离去。刚才,奈杜太太坐住了一个正在晾晒的茶袋,那茶袋现在还沾在她屁股上。

"跟她还挺相配的。"玛丽阿姨说。

第十九章
人生楷模

社工离开后,玛丽阿姨气鼓鼓的,活像一只愤怒的大鹅。"安全的地方!哼!我倒要让她看看,什么才是安全的地方。"默茜无意中听见她对弗罗拉阿姨嘀咕道。

到了星期三,房间被白漆粉刷一新,水槽也已安装完毕,窗子上还挂着干净的蓝色布帘。

上学之前,默茜提前骑车出去买了份报纸。玛丽阿姨在厨房的桌子上把它摊开,寻找她们刊登的广告。她用手指从上到下依次点着各个专栏,直到看见"出租公寓"一栏。能在公开发行的报纸上看到玛丽·麦克奈特的名字和家里的电话号码,默茜感到有些奇怪。她还没出门上学,电话就响个不停。

"你好,我是玛丽·麦克奈特。"

"是的,花园小屋。"

"不,我们不为幼儿提供日托……"

"不,恐怕这里不适合做发廊。"

"你说是四个学生吗?不,房间恐怕不够用。"

"不,我不管他们有多小。"

"我就纳闷儿了,"玛丽阿姨说,"难道这些人都不认字吗?"

上学路上,默茜忧心忡忡,仿佛背着一袋石头。她预感,事情的结果一定不尽如人意。

"你的人生楷模是谁呀?"大家在教室外挂书包时,桑多问默茜。

"人生楷模?"默茜仿佛感到世界在自己脚下崩塌。家里忙得不可开交,又是要招房客,又是来了社工,她把家庭作业忘得一干二净。她脑子里的第一个念头就是,也许可以让玛丽阿姨给自己写张便条,解释一下。例如——

请原谅默茜未能完成口头作业。她心情沉重,故而不能参加讲述活动。

"我忘了。"她说。

"那你就跟我一样吧。我准备讲'无头鸡麦克'。"

"一只鸡吗？"

"它叫麦克,是只公鸡。你在网上就能搜得到。它被砍掉脑袋后,还活了一年半。这事就发生在美国。"

"砍掉脑袋？"

"是呀,它的主人用眼药水瓶直接把牛奶和水灌进它的喉咙里。它甚至还长胖了,到处参加展览和……"

"桑多和默茜,抱歉打断你们聊天儿,可我们要上课了,全班人都在等着呢。快进去。"普鲁伊特老师把门敞着说。

她拿起花名册,开始依次点名,询问每个人挑选的人生楷模。

"奥利芙？"

奥利芙站在课桌旁,声音响亮地回答:"剑桥公爵夫人。"

"很好。奈丽斯韦？"

"碧昂丝。"奈丽斯韦同样声音洪亮地答道。

"好的。尤兰达？"

"尤兰蒂·维瑟。"

"谁？"普鲁伊特老师问。

"她是'回答乐队'的朋克歌手。"

普鲁伊特老师踌躇了一下,还是记了下来。当JJ告诉她,自己准备讲超模坎迪斯·斯瓦内波尔时,她迟疑的时间更长了些。"你确定要选这个人吗,JJ?"她问。

"确定。"

普鲁伊特老师记了下来。

"碧翠丝。"

"我选麦莉·赛勒斯,老师。"

"好的。默茜?"

默茜一言不发。

"默茜?你有没有人生楷模?"

"我没有,普鲁伊特老师。"

"那么,也许你可以讲讲纳尔逊·曼德拉。"

五名学生立即举手。"可我也要讲纳尔逊·曼德拉!"他们说。

"没关系。大家安静一下。讲纳尔逊·曼德拉的人多多益善。"普鲁伊特老师接着问,"珍妮丝呢?"

但珍妮丝今天请假了。

"桑多?"

"无头鸡麦克。"

89

普鲁伊特老师顿了顿钢笔,把它摇来摇去,轻叩自己的手掌。她把脸扭向一边,朝窗外望去。一阵漫长的沉默后,她叹了口气念着"无头鸡麦克",然后写了下来。

大家都笑出了声。桑多把手放在颈间,掐住了自己的脖子。

第二十章
辛格先生

默茜放学回家时,玛丽阿姨正在擦拭厨柜,而弗罗拉阿姨把一束束叶子和三角梅塞进瓶瓶罐罐,摆满了客厅。有人要来参观后院的小屋。

当他们听到第一下敲门声时,弗罗拉阿姨匆忙跑进厨房,坐在桌旁假装缝补校服袜。默茜躲在过道旁窥视,看见一个胳膊长长的男子站在大门前。

"我叫德里克·马歇尔。"他含混不清地说着,用苍白的双手捋了捋头顶几缕稀疏的浅棕色长发。

玛丽阿姨带他穿过房子,走出厨房门。当他们经过时,弗罗拉阿姨仍然拿着袜子,连头都不抬。那个男人也没有向她问好。默茜跟在他身后,看着他粉色的后脑勺儿,上面还长着一圈纤细的金色毛发。他灰色的裤子拖在地上,下摆又破又脏。这个裤子皱巴巴、头皮粉嫩、手臂无力的男人让默茜感觉很糟。他走进房间,瞪着天花板。

"多少钱?"他问。

"一个月三千五,包含水电费。"

他拉开干净整洁、带有镶边的蓝色窗帘,想要寻找插座。

"我需要靠这面墙放一台平板电视。"他说。

"你有家具吗?床?冰箱?"

"我不需要冰箱,"他说,"我不做饭。"

"哦。"

他们似乎没有别的话可说,因此默茜跟着玛丽阿姨和德里克·马歇尔穿过房子,把他送了出去。

当两人望着他开着浅黄色汽车离开时,玛丽阿姨说:"行了,可以把他从名单上画掉了。光是看着他我就想哭。下一个是谁?"她看了看名单上的三个名字。

接下来的房客绝对大大出乎她们的意料。

一辆白色大型面包车停在人行道上,车的一侧用豹纹印着"瓦库医生"几个大字。一个身材魁梧的男人穿着一件如帐篷般宽大的绿松石色束腰外套,砰的一声关上车门,甩开巨大的双手,阔步走上小路。他和玛丽阿姨握了握手,又一把抓住默茜的手,仿佛攥着一片树叶。

"你好,你好,"他从胸腔深处发出的声音低沉响亮,"我是瓦库医生。"这声音让默茜想起静谧的夜晚在亚历山德拉街头隆隆驶过的摩托车。

弗罗拉阿姨把袜子搂在胸前,从厨房里走了出来,想看看这么大的响动来自何方。

"进去看看吧,好吗?"他指着屋里说,仿佛他是房东一样。于是众人都跟着他进了客厅。

他向大家分发了一本小手册,是用粉色的纸笺印成的。

"我是来自塞内加尔的瓦库医生,致力于为您带来幸福。"默茜念道,"我可以解决的问题包括:帮您找到毕生至爱,包治各种头疼脑热,助您生意兴隆,财产安全,专门为您排忧解难……由于客户众多,敬请来电预约。电话:092556778。"

玛丽阿姨摇摇头,仿佛想摆脱某种魔咒。

"就像这上面说的,如果您客户众多,瓦库医生,我恐怕……"

"女士,我不会骗人。"瓦库医生声音低沉地说,"因为欺骗会产生种种麻烦。我们生而为人,麻烦已经够多了。如果您不允许在这里营业,我就再到其他地方看看。"

"这个社区非常安静……"

"我能看得出来,"瓦库医生说,"那我再找找看。"他挥起巨大的手臂,朝镇上指了指。"女士们,感谢你们的盛情款待。"他站起身,鞠了个躬,"愿你们一切顺利,常受庇佑。"

接着,他像旋风般出了门,走下小路,开着面包车驶离。

"天哪,"玛丽阿姨说,"这个人神神道道的,我简直觉得他会把我们变成蟾蜍。弗罗拉,你怎么看?"

"真受不了。"弗罗拉阿姨也发起了牢骚。她看着面包车在路上渐渐消失,眨了眨眼,仍然紧抓着那双袜子。

玛丽阿姨大笑起来,默茜感到家里的气氛有了变化。也许在弗罗拉阿姨的大脑中,不是所有道路都像他们想象的那样损坏严重。

"你们好。"小路上有人轻声说道。夕阳的余晖中站着一个身材矮小的男人,所以默茜看不太清。玛丽阿姨走下台阶,前去迎接。

"辛格先生,我们没看见您开车呀。"她说。

"我是从计程车站走路过来的,不能辜负这么美好的黄昏。"他说。

"麦克奈特小姐,很高兴见到您,"说着,他双手握住玛丽阿姨的手,然后又握了握弗罗拉阿姨的手。"这是谁呀?"

"这是默茜。"玛丽阿姨说。

"默茜,"他握着默茜的手说,"这名字很美呀。你知道莎士比亚怎么说你吗?

"不知道。"

"慈悲不是出于勉强。它像甘霖一样从天而降。"①

让默茜惊讶的是,玛丽阿姨和弗罗拉阿姨也加入其中。三个人一起朗诵起来,仿佛在排练话剧一样:"它是双重的祝福,不但受施的人幸福,也同样给施与的人幸福。"

"双重的祝福。是的,的确如此。"辛格先生说,"只有最强大的人,才拥有这种美德。"

这一刻,好像有些东西悄然充盈着默茜的心。就像一把一直摇摇欲坠的三条腿的椅子,如今终于找到了第四条腿,可以稳稳当当地立在地上。是他和蔼可亲的明眸吗?是今天柔和的暮光吗?是这首关于慈悲如甘霖般从天而降的诗歌吗?

不管是什么,默茜清楚,她们都感觉到了,因为玛丽阿姨说:"您想看看您的小屋吗?"

---

①"默茜"在英文里意为"慈悲"。

第二十一章

脚 步 声

翌日,辛格先生就搬了进来。当默茜从学校回来时,人行道上停着一辆大红色汽车,轮毂盖尖尖的。三个人提着箱子,正哈腰经过羊蹄甲树下,前往后院的小屋。辛格先生紧跟在他们身后,手里拿着一个铜罐,罐子里种着一棵小苗。

"这是我的儿子们:拉杰维尔、拉胡尔和拉梅什,"他介绍说,"这是我的图尔西树。"

默茜向辛格先生的儿子们问好,羞怯地看了看那棵树苗。随后,她径直走回屋里,从厨房的窗帘后面偷看他们来往奔忙。

柠檬在番石榴树下洗了个小澡。默茜看见辛格先生放下图尔西树,蹲下身来。他伸出一只手,捏碎了些什么东西,撒在草地上。柠檬一颠一颠地来到他跟前,一头扎向那些看起来像面包屑一样的东西。接着,它叼着食物跑开了,准备找个地方安安静静地享用。

当辛格先生的三个儿子离开后,玛丽阿姨说:"我们请辛格先生一起吃晚饭吧。"于是,默茜怯生生地向后院的小屋走去。

走廊上放着那棵小小的树苗,门楣上还挂着一个用树叶和金盏花做成的花环。门开着,默茜轻轻敲了敲门。

"进来吧,默茜,欢迎你呀。"

辛格先生正弯着腰,把一双凉鞋摆在窗户下面。房间十分干净,床铺整整齐齐。他带来了一个小斗柜、一个电炉和一把水壶。书架上放着几个盘子、马克杯、研杵和研钵。但默茜的目光被角落里的一张小桌吸引了,看起来他像是在那里放了一个颜色鲜艳的玩具:一头身穿红色绸衫的塑料大象,四周被鲜花围绕。

"来认识一下迦尼萨吧。"

默茜走近后,发现这并不是一头大象。尽管他有一个长长的象鼻和一对扇风大耳,但他还长着一个像人一样的胖胖的肚子和四只胳膊,而且盘腿坐着。

"迦尼萨是破除障碍和万象更新之神,所以今天他更应该也很适合摆放在这里。"辛格先生说,"我给他供了鲜花,点了油灯。我们管这叫'普拉特纳',就是祷告。"他指了指这尊奇特塑像底座上红色的木槿花和一个小碟子,碟子里放着一团正在燃烧的棉花。

"玛丽阿姨请您和我们一起吃晚饭。"

"谢谢。太好了!"辛格先生说,"请告诉她我很快就到。"

吃晚饭时,默茜听辛格先生回答了玛丽阿姨很多问题,大致了解了他的家庭状况。他是个鳏夫,妻子桑吉塔十年前因癌症去世。此后,他一直与女儿迪娜和三个儿子住在莱斯山上。一个个新名字令默茜应接不暇。她已经认识了拉杰维尔、拉胡尔和拉梅什。现在,她还要记住卡马尔、库马尔、普里亚和某人的未婚夫纳里尼。辛格先生之所以要搬家,是因为其中一人(卡马尔或库马尔)就要结婚,家里的卧室不够用了。他们当中有人学牙科,有人想当特许会计师,有人还在读书。默茜已经听迷糊了。

"我猜你会想念家人的。"玛丽阿姨说。

"嗯,他们会过来做客。不过,我正处于人生的特殊阶段。我们印度人相信,到了一定年纪,就要退隐林间。这座小屋就是我的森林,"他笑着说,"现在我要专注于自己的精神世界。"

"真了不起,"玛丽阿姨一边倒茶一边说,"我得说我很喜欢这个主意。"

默茜担心,如果玛丽阿姨也觉得退隐林间很好,那自己和弗罗拉阿姨怎么办呢?

"对了,默茜,跟我讲讲,你怎么也会住在这所可爱的房子里?"辛格先生把茶杯递给大家时问。

默茜喝了一口茶,不知道该如何回应,所以玛丽阿姨替她答道:"弗罗拉认识默茜的母亲罗斯和她的姨妈凯瑟琳,她们几个都在合唱团唱歌。"

"我明白了。"辛格先生说。

"默茜五岁时,母亲死于车祸。"玛丽阿姨继续说道。"随后她搬去跟凯瑟琳姨妈和克利福德姨父住在一起,但她过得并不快乐。有一天,凯瑟琳问我们姐妹是否愿意收养她。"玛丽阿姨对默茜笑了笑,"我们很愿意这么做。毕竟房子这么大,只有我们俩在里面住,显得空空荡荡的。"

"这真是件大好事。"辛格先生说。

"没错,现在依然如此。"玛丽阿姨说,"辛格先生,您退休前在哪里工作?"

"我在维多利亚路上的雀巢巧克力工厂干了三十年,但2006年工厂停业,我就提前退休了。"

"那您给我们带巧克力了吗?"弗罗拉阿姨问。一提到巧克力,她顿时笑逐颜开。她坐在桌子旁,把抹布叠成一个小小的正方形,然后又把它展开。

"我没带巧克力,"辛格先生说,"但你们的运气来了。我有比巧克力更好的东西……默茜,在我床边的小桌上,有一个冰激凌盒。要是你能过去拿来,我们就可以一起分享啦。"

默茜十分腼腆,不好意思告诉辛格先生,她其实很害怕晚上到后院的小屋。于是,她飞奔过厨房门,在番石榴树下疾行,然后咔嗒一声打开小屋门廊上的灯。

黑暗中传来树枝折断的声音,她愣住了。这听起来就像有人踩断了棍子。

她等了几秒钟,心脏怦怦直跳,但四下一片寂静。接着,几只果蝠在番石榴树上吱吱尖叫,她还听到隔壁房子里传来电视节目欢快的主题曲声。她抓起冰激凌盒,飞也似的跑回前屋,砰地在身后关上餐具室门,又咔嗒一声打开厨房灯。

"默茜怕黑,"弗罗拉阿姨对辛格先生悄声说,"所以她喜欢开灯和拉窗帘。"

"完全可以理解,"辛格说,"默茜,在你这个年纪,我也怕黑。那时我经常关了灯就跳到床上,以防有人躲在床下抓住我瘦小的脚踝。"片刻停顿过后,他接着说道:"让我告诉你还有谁怕黑,那就是我的老朋友莫罕达斯。后来他什么都害怕:黑暗、小偷儿、毒蛇、幽灵。哎呀,我的天……关于莫罕达斯的故事多着呢。"他翻了翻眼珠,看起来很恼火:"遗憾的是,他的学业不怎么出色。"

"哦,默茜的学业很出色,"弗罗拉阿姨说,"她四岁起就开始读书了。"

"嗯,我相信。这不奇怪,一点儿也不奇怪。"辛格先生说,"但莫罕达斯简直无可救药,不会背乘法表,不会念古吉拉特字母。真的,他看起来根本没什么希望。他上学常常迟到,一放学就跑回家,免得被人取笑。他很胆小,是一个再普通不过的学生。"

"这真让人遗憾。"玛丽阿姨说。

"我知道。"辛格先生叹了口气。

"您的这位朋友,莫罕达斯,难道他……就是我想的那个人吗?"玛丽阿姨问。

辛格先生点点头,笑眯眯地指了指自己的鼻子。默茜大惑不解。这个无可救药的莫罕达斯究竟是谁?

不过,弗罗拉阿姨对这些故事毫无兴趣。她打开冰激凌盒,发现里面装满了点心。

"麦克奈特小姐,您一定要尝尝这些鹰嘴豆软糕。"辛格先生说,"这是我的朋友索妮太太做的,她在里面加了秘密配料——炼乳。我胆固醇高,所以不能吃。"他拍了拍自己平坦的肚子,把一块块点心递给大家。这些点心色泽金黄,看起来软乎乎的,上面还撒满了杏仁。

弗罗拉阿姨两颊鼓起,嘴里塞满了鹰嘴豆软糕。默茜看见她还往开衫的袖子里藏了一块。

默茜咬了一小口,但没什么胃口。她满脑子都是刚才在花园里听到的脚步声。

第二十二章

奖 券

次日清晨，当默茜起床上学时，她从厨房的窗户瞥见辛格先生站在番石榴树下。尽管空气中已有了一丝寒意，他却只穿着背心和宽松的睡裤。他俯下身去摸摸脚趾，向后仰身，又转了转肩膀。接着，他拍了拍胸膛，像风车一样甩动双臂。柠檬在他脚边啄着什么。

也许这样挺好。收了房租，她们就能买更多食物和修缮房屋了。也许克雷文先生不会再过来骚扰。假如社工带着法庭命令回来，也许玛丽阿姨就有钱请律师，不让社工把默茜带走。在上学路上，默茜反复背诵：根据2010年颁布的《儿童法》，每一名儿童都具有法定代理权,因此我强烈要求,暂缓执行该命令。她尤其喜欢最后这句:因此我强烈要求,暂缓执行该命令。玛丽阿姨告诉她,这就意味着她们要等待法庭作出裁决。

然而,当默茜到校后,她发现还有很多事情让她担心。

第一件事是普鲁伊特老师一边在一排排课桌间穿行,一边甩出一张张抽奖券。学校正在筹款更换运动器材和粉刷大厅,她希望每个学生都能有所贡献。

"如果你们不想挨家挨户卖奖券,那么我希望你们能说服父母,让他们为你买下至少五张奖券。每张奖券售价十兰特。头等奖获得者可以与家人在塔拉野生动物保护区住两晚,还有其他神秘奖品。两周后,我们会在家长会上抽奖。"

默茜可以想象,当玛丽阿姨得知自己要支付五十兰特购买新的运动器材时,她一定会说:"五十兰特!买运动器材?难道他们就不能把我们的钱花在更好的地方吗?"

"哪位同学卖出的奖券最多,还会得到更大的奖励,"普鲁伊特老师顿了顿,好让接下来的话显得更激动人心,"那就是到德班的乌沙卡海洋世界游玩一天,费用全免。好了,请大家拿出数学作业本来。"

就在他们打开作业本时,格里塞尔校长在教室门口探头说:

"普鲁伊特老师,可以到我的办公室来一下吗?跟您说句话。"

默茜仿佛感到脚下遮盖黑洞的木板正嘎吱嘎吱打开,让她突然坠入深渊。一定是那位社工。她就知道。奈杜太太一旦见过老师,就会发现她所有的假条,知道她地理缺考,逃避运动会,甚至几乎没有参加过任何集体活动。

"不要说话,开始做数学作业,同学们。"普鲁伊特老师说,"我马上回来。"

默茜口干舌燥。她翻开作业本,盯着那些数字,实际上什么也没看进去。

普鲁伊特老师回来后,默茜等着她用同情的目光注视自己,但她没有,而是面对着全班。

"我想你们有人已经注意到了,"普鲁伊特老师望着远方说,"珍妮丝最近没来学校。有人发现了吗?"

默茜意识到她已经好几天没有想起过珍妮丝了。她生病了,还是出什么事了?她环顾全班,普鲁伊特老师的语气十分严肃,大家看起来都有些畏惧。

"没错,珍妮丝已经离开了这所学校。显然,这个班上有人——她没说是谁——对她出言刻薄。她实在难以忍受,所以选择了离开,而且再也不会回来了。"

班里一片死寂。

"我想,"普鲁伊特老师说,"我们要谈谈霸凌问题。"

接下来开始谈霸凌问题。或者更确切地说,是普鲁伊特老师在谈霸凌问题。她先给霸凌下了个定义,即使用武力、威胁或逼迫等手段来虐待、恐吓或控制他人。同学们得知,霸凌表现为各种形式,包括情感、言语、身体和网络霸凌——在网上对他人进行欺凌。他们还得知,最重要的是,要在全班营造反霸凌的氛围。任由霸凌行为发生而袖手旁观,是一种不好的行为,而防止遭受霸凌的最好方法是:

昂首挺胸

直视对方

坚定自信

这对默茜来说毫无意义。珍妮丝身材高挑儿,不用昂头也比所有人都高。奥利芙总是睁着一双大眼,直视对方。昂首挺胸和直视对方帮不了珍妮丝,也帮不了奥利芙。她们倒是可以尝试表现得坚定自信,但默茜知道,当你内心感到渺小和恐惧时,要做到这一点有多难。

"有什么问题吗?"普鲁伊特老师问。

没有人提出疑问。

"有什么想法吗?"

还是没有人说话。

"好了,让我们把这种不快抛在脑后。"普鲁伊特老师说,"请大家收起数学作业,安静地排好队。现在我们去图书馆,完成讲述人生楷模的作业。"

由于全班共有八个人准备讲纳尔逊·曼德拉,图书馆没有足够的书可供借阅。当大家都在忙着争抢图书时,默茜只是抱着笔记本站在一旁。

"每人每次只允许借一本有关曼德拉的书。"普鲁伊特老师大声说道,尽管保持肃静的标识随处可见,"做完笔记就把书传给其他人。大家要学会分享。你们当中有些人也可以考虑一下大主教德斯蒙德·图图。"

随后,她走进封闭起来的电脑区,帮助那些需要上网查询的学生,因为图书馆里没有关于麦莉·赛勒斯、碧昂丝和无头鸡麦克的书。当默茜发现奥利芙不在身边时,她如释重负。尽管这样显得她像是在袖手旁观,但她自己的问题已经够多了,实在无暇他顾。

她找到一个远离所有人的安静角落,开始做作业,但实际上她只是在画小圆圈,一遍又一遍,画了很多圆圈。最后,作业本上被她画出一个洞。

第二十三章

马萨拉茶

"我们在外面,默茜!在花园里!"

在傍晚的夕阳下,他们三人坐在旧帆布躺椅上。眼前是一派静谧的景象:鸽子咕咕叫着;蜜蜂嗡嗡飞舞;柠檬一边刨土,一边啄来啄去;弗罗拉阿姨倒在椅子上小憩;堆肥附近的篝火冒着烟,上面支着金属架,架上坐着一壶水。

"过来和我们一起吧。"玛丽阿姨说。她腿上放着一堆要补的东西。"不知道为什么停电了,所以我们在外面喝茶。辛格先生给我们找了个支架,上面还可以做饭呢。"

辛格先生膝头放着一块砧板。他正用刀尖剥小豆荚里的细籽。

"我在剥小豆蔻呢,一会儿给你们煮印度茶。"辛格先生比画着说,"这叫马萨拉茶,我先给你们倒一点儿尝尝……如果你们不喜欢,也没关系。"

"怎么停电了?"

"我完全不知道。"玛丽阿姨说。

"当时我们在烧水,"辛格先生说,"只听到砰的一声巨响!"

"德韦特先生说他明天早上过来看看,所以在那之前,我们只能凑合一下啦。"

这真令人忧心。

默茜盘腿在草地上坐下,把柠檬放到膝头,抚摸着它光滑的羽毛,才感到一丝安慰。母鸡柠檬眨着亮晶晶的眼睛,脸上自始至终只有一个表情。不过,当它高兴的时候,它也会咯咯叫着表示心满意足。

"学校里还好吗,宝贝?"玛丽阿姨问,"给我们讲讲外面的情况吧。"她舔了舔棉线,冲着光举起一根针,然后闭上一只眼,把线穿过针鼻儿。

"我要去卖奖券,为新的运动器材筹集资金。"

"我会第一个买你的奖券,"玛丽阿姨还没来得及发话,辛格先生便说,"大奖是什么?"

"我记得是与家人到塔拉野生动物保护区度假。"

"不错嘛。太好了。"他起身去沏茶,"我们可以一起去呀。"

"另外,我需要挑选一个人生楷模,然后进行口述。普鲁伊特老师建议我讲纳尔逊·曼德拉。但现在有八个人要讲纳尔逊·曼德拉,他们已经把书都借走了。"默茜使劲拽着地上的草,但是拔不出来,却被划破了手指。

"哦,我想我们几个可以再挑出一个人来。"辛格先生蹲在火堆旁说。他把烧开的水倒进一个锡壶里。

"那就讲一位女性吧,"玛丽阿姨说,"埃米莉·霍布豪斯怎么样?在布尔战争期间,这位杰出的女性为囚犯做了一件了不起的事情。"

"还有法蒂玛·梅尔,"辛格先生扭头说道,"反种族隔离的伟大斗士。"

"假如我从来没有听说过这个人,那他就算不得我的人生楷模。"默茜深吸一口气,把话一股脑儿倒了出来,嘴唇都有些颤抖。

"所以根本没有讲述的必要,"玛丽阿姨接着说,"那我就告诉普鲁伊特老师,你不能参加这项活动。我会给她写张假条,就说你嗓子不舒服。"

"你不喜欢公开演讲吗,默茜?"辛格先生问。

"不喜欢。"

"是呀,谁喜欢这个?"玛丽阿姨反问。

"还真有人喜欢!"辛格先生说,"老天爷,他们永远不愿意闭嘴。不过说来也巧,我昨晚提到的朋友莫罕达斯,他也不喜欢公开演讲。"辛格先生挥着一只手,想要赶走面前那只嗡嗡飞舞的蜜蜂。

"真的吗?"玛丽阿姨说,"真是没想到。"

"对呀,他一点儿也不喜欢。当他在伦敦上学,还是个年轻人时,他交过一些朋友,一群和他一样喜欢素食的人。在他离开英国返回印度之前,他们为他举办了告别晚宴,因为他们越来越喜欢这个朋友。"

"伦敦?印度?"默茜大感意外。她以为辛格先生的这位朋友住在彼得马里茨堡。

"说来话长,"辛格先生说,"不过,是的,他在印度长大。不管怎样,当莫罕达斯在伦敦时,他打算在晚餐结束后说上几句风趣的话,以感谢这些新朋友。但是他站起来时,什么也说不出来。他张口结舌,站在那里活像个傻瓜。最后,他也感到自己愚不可及,只好坐了下来,让别人替他读演讲稿。"

"他一定觉得自己很笨。"

"没错,但后来他克服了这一点。事实上,他说这反而是件好事,因为这教会了他言简意赅。"

"这位叫莫罕达斯的朋友是谁,玛丽阿姨,你怎么也认识他?"

玛丽阿姨和辛格先生相视一笑,仿佛这是他们之间的秘密,然后辛格先生说:"我会带你去见见他。这是我的荣幸。"

"他现在住在这里吗?在彼得马里茨堡?"

"哦,你会知道的,你会知道的!"辛格先生说,"周六早上我就带你去。现在我想让你们尝尝这道马萨拉茶。"他把盛着香茶的茶杯递给大家,说:"我去拿些糖来。"

当他离开时,默茜对玛丽阿姨讲了家长会的事。玛丽阿姨必须在通知上签字,表示她已知晓此事。普鲁伊特老师说她会逐个检查,第二天交不上签字的学生都会被记过。

"来宾人数:2。"玛丽阿姨在空白处写道。默茜的心猛地一沉,这就是说弗罗拉阿姨也会去参加家长会。默茜望着熟睡的弗罗拉阿姨,只见她耷拉着脑袋,瘫倒在躺椅上,双腿瘦骨嶙峋,一头白发乱蓬蓬的。她穿着拖鞋,皱巴巴的蓝色运动裤快要提到了腋下。她的腿什么时候变得这么瘦了?真想不出让弗罗拉阿姨作为学生家长参会是什么样子。

当辛格先生端来糖罐时,弗罗拉阿姨醒了过来,有些困惑地环顾四周。

"已经到早上了吗?"她问,"我今天要干什么呀?"

"没有,亲爱的,"玛丽阿姨边说边搅拌着茶里的白糖,"现在是下午四点,辛格先生给你煮了一道特别的香茶。来,尝尝吧。"

弗罗拉阿姨接过茶杯,略带怀疑地抿了一小口。

"嗯,"她咂了咂嘴,眯起眼睛看着玛丽阿姨问,"这里面都是什么?"

"红茶,"辛格先生回答,"还加了砂糖、豆蔻、肉桂、生姜和我的特殊秘密配料——一小撮丁香和莳萝籽。"

"冰箱和石头子?"弗罗拉阿姨面孔扭曲,仿佛刚咬了一口柠檬。

"别傻了,"玛丽阿姨说,"他说的是丁香和莳萝籽。"

默茜看着辛格先生。他咬住舌头,竭力装出一副严肃的表情,但目光闪烁。接着,玛丽阿姨忍俊不禁,弗罗拉阿姨咯咯直笑,辛格先生也一拍膝盖,手舞足蹈地大笑起来。

默茜扑哧一声,马萨拉茶从她的鼻孔里喷了出来,洒满了那张带有玛丽阿姨签名的通知。

第二十四章

弗罗拉阿姨

　　星期五下午回家后,默茜轻松多了。天气潮湿,她的校服沾在背上。她径直走进房间,踢掉热烘烘的鞋和袜子,扑通一声倒在床上,盯着天花板。

　　今天学校里发生了一些不愉快的事。最后一次下课铃响后,她先去了趟卫生间,然后才去骑车。自从上次和奥利芙谈起不能让她来家里后,默茜就一直试图躲开她。默茜觉得奥利芙也一直在回避她,回避所有人。默茜能看出奥利芙这些天脸上的表情:为了让自己打起精神,她仿佛已经竭尽全力,所以无暇旁顾。她不再主动帮助别人，大部分休息时间都躲在图书馆里，不跟任何人说话。

在女卫生间里，默茜听到有人走进她旁边的位置，从纸卷上拽下卫生纸，擤了擤鼻涕，然后在面盆前洗手。

当她听到"嗨，奥利芙"时，她怔了一下，才意识到这阴阳怪气的声音是奈丽斯韦和碧翠丝。

水流声哗哗直响，默茜没听清奥利芙嘟囔了句什么。

"呃，奥利芙，"碧翠丝说，"要是你能下周五来参加我在威姆比商场举办的聚会，那就太好了。"

"真的？你这是邀请我吗？"奥利芙问。

"嗯，当然了。很抱歉之前没有邀请你，因为妈妈告诉我必须限制人数。但现在没问题了。记得六点钟到威姆比商场呀。"

"嗯，谢谢。"

"你会来吗？"

"好嘞，我会去的。"

"太好了。不过别忘了打扮一下，好吗？"

"啊？"

"嗯，我觉得我们都打扮成一种南非美食，那一定很有意思，这还是那个家长会给我的灵感呢。我准备打扮成一个考克喜斯特，妈妈给我做了一件麻花一样的礼服。太酷了！你可以打扮成弗里卡德球呀。"

"弗里卡德球?"

"对呀,你知道的,就是肉丸嘛。"

"肉丸?真的吗?"

"是呀。"奈丽斯韦也说,"我准备打扮成索萨蒂,让脑袋上冒出一个小烤肉串。一定搞笑极了。其他人也会穿成萨姆萨斯咖喱角、比尔通干肉条……反正都是吃的。"

"弗里卡德球?"默茜听得出,奥利芙根本不知道怎么打扮成一个肉丸。

接着,她听到她们走了出去。门吱呀一响,又被砰地关上,不再有人说话。

卫生间里复归平静。

默茜骑上自行车后,再也没有看到奥利芙的踪影。

默茜仰面躺着,盯着卧室的天花板。她知道她必须告诉奥利芙她们在胡扯,因为请柬上并没有提到让大家打扮成美食,但她有些害怕,不想让人知道是她传出的这个消息。

空中突然一个炸雷,让她回到了现实。大雨如注,她起床去找玛丽阿姨。这场雨突如其来,仿佛有人在屋顶倒水。

她只顾担心奥利芙,没有意识到天已经黑了,于是想打开过道里的灯。

灯不亮。

她这才想起昨天停电的事。德韦特先生可能还没来得及修理。

她穿过房子去找玛丽阿姨,但一个人也没看到。

难道他们又去院子里喝茶了?默茜不难想象,辛格先生站在雨里,开心地在篝火上撑起一把伞,等着把水烧开。她把头探出餐具室的门。隔着从屋顶淌下的水帘,她看到堆肥旁没有生火。停车场里也没有汽车。

这是她第一次放学回家后发现房子空着,真奇怪。她觉得饿了。炉子上的煎锅里有吃的,是一团褐色的东西。她用勺子戳了戳,觉得那像是茶袋。难道弗罗拉阿姨一直在炒茶袋吗?

直到她在过道里滑倒,坐进了一个小水坑里,她才意识到雨水正从墙上直泻下来。天花板也软塌塌地淌着水。她跑去拿来水桶和水壶,接住漏下的雨水。

她的卧室也漏水了,这在以前从未有过。她往床边放了一个塑料盆,盘腿坐在床上,听着雨水凄凉的滴答声,感到自己仿佛被困住了一般。天太黑了,看不清书,所以默茜伸手拿出鞋盒,那里收藏着各种各样奇怪的小鸟。她把它们摆在灯芯纱条纹床单上,分成了几个小组:三只串珠鸟、五只木头鸟、三只黄铜鸟、四只毛毡鸟和两只陶瓷鸟。她总共收集了十七只小鸟。

她等着有人前来救援。

听到汽车驶上车道时,默茜朝厨房奔去。玛丽阿姨和辛格先生几乎是架着弗罗拉阿姨在雨中穿行。

"默茜宝贝,你一定很担心我们。"玛丽阿姨说着,搀着弗罗拉阿姨走过默茜打开的餐具室门,"真是折腾得够呛。"

"真是一场冒险。"辛格先生边说边气喘吁吁地穿过走道,从柜子里取出几条干毛巾。"天哪!"他看到满地的水壶和水桶时惊叹道。

那天下午,当玛丽阿姨和辛格先生修理莫名其妙掉在地上的晾衣绳时,弗罗拉阿姨失踪了。他们以为弗罗拉阿姨在卧室里,但她没有。

他们开始四处寻找。就连在圣帕特里克路拐角处卖报纸的老人也放下生意,前往内德班克广场寻找。辛格先生走遍了普雷斯特伯里大大小小的街道,玛丽阿姨开车去了镇上的图书馆、塔瑟姆美术馆、亚历山德拉街、阿尔伯特·路德利酋长路、所有医院和兰加利巴勒街的警察局,但依然没有她的踪迹。

"简直就像大海捞针一样。"玛丽阿姨说。

"但我们还是找到了,"辛格先生用旧毛巾擦着地板说,"好在她安然无恙。"

弗罗拉阿姨可能安全了,但看起来并非"无恙"。她脸色苍白,浑身发抖。玛丽阿姨一阵揉搓,她的头发像羽毛一样竖了起来。她紧搂着一个包裹。

"亲爱的,把这个包裹放下吧。"玛丽阿姨说着,想要把它拿开,但弗罗拉阿姨仍紧紧抱在胸前。

"这是献给国王的礼物。"她坚决不肯撒手。

"我们会把礼物放到一个安全的地方,弗罗拉。你得换上干衣服上床睡觉了。"

玛丽阿姨把包裹递给默茜,仿佛那是一件宝贝,一个婴儿。包裹重得令默茜吃惊,她把它放在客厅的桌子上。

当玛丽阿姨让弗罗拉阿姨上床睡觉时,辛格先生告诉默茜,在疯狂地寻找了几个小时后,他们在亚历山德拉公园的板球场找到了弗罗拉。她告诉他们,她正等着为乔治国王献礼。

"乔治国王?"默茜问,"谁是乔治国王?"

原来很多年前,英国的确有一位叫乔治的国王。1947年,他曾与伊丽莎白公主和玛格丽特公主访问过彼得马里茨堡。那时候弗罗拉阿姨还是个小姑娘,当国王经过时,她曾在椭圆形的板球场上一边挥旗一边唱歌。

"我们找到她时,她正在雨中放声歌唱。她没有发现那里没有乔治国王,也没有欢迎队伍。她很高兴,虽然在酷暑中走了差不多三公里,还背着一个沉重的包裹,但仍然兴高采烈。"说到这里,辛格先生笑了,"不过我们还是找到了她,现在她安全了。只是今后要记得看她看得更严一些。好了,晚饭我们做什么呢?"他搓了搓双手。

"幸好我们有个小煤气灶。"他看了看冰箱,拿出一碗骨头和一个不新鲜的洋葱,"汤?还是煎饼?"

弗罗拉阿姨和默茜吃淋了柠檬汁和糖的煎饼,玛丽阿姨和辛格先生用剩下的豆子当晚餐。

玛丽阿姨把弗罗拉的食物放进托盘,端到她的床前。在厨房的烛光下,他们一边吃饭,一边听着雨滴叮叮当当地落进桶里,还有弗罗拉阿姨婉转的歌声从过道上飘来。

何日君再来?

何日君再来?

汝是我至爱,

何日君再来?

晚饭后,当玛丽阿姨和辛格先生洗漱时,默茜举着蜡烛蹑手蹑脚地来到客厅,解开包裹上的一根根细绳和一层层报纸。这是一个灰色陶器:一根七扭八歪的管子,上面还有道道隆起。默茜觉得这看起来像是什么东西的一部分,但想不出来到底是什么。

"辛格先生,您也看到了,她现在的生活就是这样。"她听到玛丽阿姨在厨房里说。

默茜小心翼翼地把那件奇形怪状的陶器放回桌上,没有发出一点儿声响,然后站在客厅静静地听着。她屏住呼吸,免得自己漏听一个字。有人在刷盘子,水槽里的水哗哗直流。

"我们过得很艰难,可我现在不能抛下她,我就是做不到。"玛丽阿姨说。

一阵漫长的沉默过后,她听见有盘子滑进了水槽。

"没有人会说你抛下了她,麦克奈特小姐……"

"是呀,可我不能把她留在那些什么院里,我会觉得那是对她的彻底背叛。那些地方疏于管理,太可怕了。他们不会好好照顾她,而且完全没有感情。没有人能在那里好好活下去。"

他们又沉默了一会儿。玛丽阿姨为什么会想到把她送到那样的地方?是因为她们太穷了吗?默茜听到洗碗水汩汩流进黑色的下水道。

"另一方面,我也知道,这所房子对她来说已经不再是最好的地方。也许我们能给她的照料远远不够。这很难说。"

"去看看吧,麦克奈特小姐。现在你只能这样做了,完全不用让默茜知道。我答应过她,明天会带她去镇上。我想让她见见莫罕达斯,你就可以去咨询你的事了。"

默茜听到玻璃器皿叮当作响,被放到碗柜里,接着是棱纹玻璃滑门关上的声音。

"好吧,我想,也只能这样了,但我心里很不好受。"玛丽阿姨叹了口气,"唉,天哪。我从没想过会这样。"

"我会为你祈祷,"辛格先生说,"但愿你能冷静下来,找到一个最妥帖、最周密的解决方案。"

"谢谢你,辛格先生。在这种情况下的确需要冷静。还有一件事真是雪上加霜,今天早上,我和德韦特先生聊过了。他简单看了看供电问题,说我们需要给房子重新布线。从上个世纪七十年代以来,这里的电线就没动过,有些地方磨损得很厉害,会导致整个线路烧毁。这又要花上一大笔钱。"

"哦,没事的。我儿子拉杰维尔的岳父是位电工。我会请他过来,给我们打个折扣。我还可以给他搭把手,不会花很多钱。"

"嗯,那真是太感谢了。但您家里不可能恰好还有一位专修屋顶的技工吧?我简直不知道屋顶怎么了,突然漏得这么厉害!好像所有东西都要同时垮塌一样。我真不明白,这所房子一直都很坚固呀。可现在呢,我们突然没了电,屋顶还漏着雨,晾衣绳又断了,弗罗拉完全乱了套,不知道我可不可以这么说。"

"你当然可以这么说。但我觉得你现在得去睡觉了,麦克奈特小姐。今天不太好过,你一定很疲惫。明天也不会太容易的。"

"辛格先生,如果没有你在,我简直不知道该怎么办,"玛丽阿姨深深地叹了口气说,"幸亏你搬到我们这里住了。"

默茜听到一阵哐啷哐啷的声音,接着是放餐具的抽屉被关了起来。

她蹑手蹑脚从过道走回卧室,以免被玛丽阿姨撞个正着。

过了一会儿,当玛丽阿姨进来道晚安,并轻轻抚摸默茜的额头时,她假装睡着了。她不敢正视玛丽阿姨的脸,害怕看到她眼中的背叛。玛丽阿姨会看到她眼中的恐惧吗?在安置默茜之前,玛丽阿姨肯定会联系凯瑟琳姨妈。为什么凯瑟琳姨妈从没有来过这里,甚至从没有打过电话?是因为克利福德姨父曾经对她大喊大叫吗?默茜究竟做错了什么，会让他如此对待自己，让凯瑟琳姨妈离她而去，甚至永远不来探望？

默茜在脑子里颠来倒去地想着这些问题，终于昏昏沉沉地坠入混乱的睡梦之中。

第二十五章

看望莫罕达斯

第二天清晨,在离开家之前,辛格先生到花园里摘了几枝三角梅和金盏花,做成一个小小的花束。

"我去看莫罕达斯时,总爱带上一件小礼物,"他说,"他很喜欢花园里种的花。"

他们很快就出发了。辛格先生拿着鲜花和几个空塑料袋。他没有让默茜拿花,这让她松了口气。光是一路小跑跟着他进城,已经够受的了,更何况她忧心忡忡,本来就连路都走不动了。

"要见莫罕达斯,就要走路过去,这很重要。"辛格先生说,"他喜欢四下走动,所以你走着去拜访他,对他是一种尊重。"他每跨出一大步,默茜就要紧走两步。

默茜很纳闷儿,莫罕达斯究竟是何许人物,为什么这么吹毛求疵,还要知道来客是怎样到达的?

他们走上杰斯蒙德路,右转进入亚历山德拉街。玛丽阿姨和弗罗拉阿姨什么时候会去儿童之家?她们必须经过这里,然后在亚历山德拉街的十字路口转弯,儿童之家就在那条路的尽头。默茜以前去过那里,因为她们班级有过一次复活节彩蛋之旅,给那里的孩子们带了一整盒巧克力彩蛋。她记得那里吵吵闹闹,孩子们互相推搡,争抢彩蛋,最后彩蛋全都被女舍监没收了。"我先把它们拿走,直到你们懂礼貌为止。"她说。默茜永远忘不了当复活节彩蛋被没收时那些孩子们受伤的神情。他们后来拿到那些彩蛋了吗?默茜一直往身后看着,希望能发现那辆破旧的黄色轿车。几辆出租车从她身旁经过,但没有两位阿姨的踪影。

那天早上他们离开家时,玛丽阿姨一直在帮弗罗拉阿姨穿衣服。弗罗拉阿姨不想穿玛丽阿姨拿来的裤子和衬衫。她非要在睡衣上系一条围裙,然后在下巴上勒一条头巾。但玛丽阿姨说:"不行,你要和我一起过去。要是你打扮得像个疯婆子,就不能去了。"默茜不知道,是不是这件事耽误了她们。

"早上好。早上好。"辛格先生向路上每一个上班的行人打招呼。他还举起花束,仿佛它是一面小旗。

默茜低头看着人行道,她眼角的余光瞥见辛格先生纤细的双腿和巨大的白色运动鞋。她的脚上穿着那双大号拖鞋。两人在人行道上走起来活像鸭子一般。

天气炎热,道路漫长。辛格先生时不时停下来,把花递给默茜,然后拿出塑料袋,像戴手套一样套在手上,弯腰捡起人行道上的垃圾,有空的果汁瓶、压瘪的可乐罐、香烟盒,还有又湿又臭的塑料面包袋。当把塑料袋装满后,他就把它扔进一个大水泥垃圾桶。他们在十字路口穿过亚历山德拉街,转入学院路。来到一家咖啡馆后,辛格先生停了下来。

"你想喝汽水吗,默茜?要什么味道的?"

"汽水?"

"可乐,还是斯帕莱塔?"

"请给我来罐芬达吧。"默茜从未在家中喝过汽水。玛丽阿姨认为,最好的饮料就是饮用水,并且美其名曰"上帝的啤酒"。

芬达是冰镇过的。默茜每次只喝一小口,直到走过杜兹河上的桥,沿着西街进入兰加利巴勒街才喝完。她想知道玛丽阿姨和弗罗拉阿姨在哪里。她们这会儿是在跟儿童之家的女舍监谈话吗?等她和辛格先生回家后,她的手提箱是不是已经收拾好,放在大门口了?

长长的兰加利巴勒街了无生气,似乎只有殡仪馆、充电站、手机维修店和债务咨询店。怎么总也走不到尽头?

"我们在这里歇口气,好不好?"在酷暑中,辛格先生喘着粗气说。他在一家名叫西兹韦的婚纱店外停了下来,站在遮阳篷下。橱窗里的假人茫然地望着外面的街道。新娘全都穿着尼龙蕾丝大摆婚纱,新郎则身穿白色燕尾服,戴着银色领巾。

"真讲究,"辛格先生举起手中的一小束花,对店里的假人说,"希望今后你们会幸福地生活在一起。"

默茜勉强笑了笑。

"要知道,当莫罕达斯离开印度去伦敦读书时,他身上几乎没有钱,可他还是给自己买了套愚蠢至极的白色礼服,就像那件一样。"辛格先生用花束指着里面的新郎,"但是当他穿着这套礼服从孟买乘船抵达伦敦后,他才发现当地人都穿着深色西装。于是,他又花了很多钱,买了一件黑色西服,再配上背心和礼帽。他说过去他常常花上几个小时,欣赏镜子里的自己,好让自己看起来像个英国绅士。"辛格先生莞尔一笑,接着摇了摇头:"莫罕达斯!等你一会儿看到他时,就会发现这有多奇怪了。"

"为什么呀?"默茜问,"他不再穿西装了吗?"

"对,最近他几乎什么都不穿。他不会再费心打扮自己了。"

默茜越听越觉得这个莫罕达斯真令人担忧,她不明白辛格先生为什么这样喜欢他。到目前为止,她已经知道这个人数学不好,以前还怕黑,把钱花到乱买衣服上,而且不喜欢公开演讲。辛格先生为什么会带着一束花,走上好几公里到镇上去看他?这简直说不通。

"我们快到了吗?"她问。

"快到了,快到了,"辛格先生说着,两人再次出发,"就在教堂街的拐角处。"

镇上这一带有很多小贩,辛格先生领着默茜穿过人群。有人举着一个满是太阳镜的塑料托盘,拿起一副太阳镜,跟在他们后面喊:"雷朋太阳镜便宜了!只要五十兰特。"一个推着超市手推车的男人在卖农药,他拿着扩音器喊道:"老鼠!蟑螂!"

"我们到了!"辛格先生突然说道。

他们站在格兰德鞋店和南非联合银行对面。辛格先生停下来鞠了个躬。"莫罕达斯,久违了。"

默茜惊讶地抬起头。有座雕像在高大的底座上巍然矗立,辛格先生把花放在雕像的大脚上。

底座上写着：

希望雕像

莫罕达斯·卡拉姆昌德·甘地

"甘地！你的朋友莫罕达斯就是甘地吗？"

"是的！"辛格先生对自己开的玩笑感到得意扬扬。他举起双手。默茜觉得他说不定会在街上跳一段吉格舞。"是的！我这段时间跟你讲的就是莫罕达斯·甘地。有人称他为巴普，意思是父亲，也有人称他为玛哈特玛，意思是圣雄。我喜欢叫他莫罕达斯，因为这可以提醒我他并非天生伟大。他曾经只是一个偷过香烟、害怕夜晚的小男孩，在学校里被人推来搡去，却只敢回家躲避恶霸。"辛格先生搓了搓双手，仍对自己的玩笑感到得意，"但你瞧，后来他成了一位伟人，备受大众爱戴。"

默茜仰头望着雕像。从她的角度看，他也不像是个伟人——谢顶，耳朵还很突出，两腿像老公鸡腿般又细又长。正如辛格先生方才所言，他身上的衣服少得可怜，只裹着缠腰布，穿着凉鞋。他的头上还有一堆鸽子屎。

"可你认识他吗？"默茜问。

"哦,不,我从没有见过他。他 1948 年去世时,我大概和你一样的年纪,但我仍然把他当作挚友。"辛格先生掏出手帕,开始擦拭甘地的大脚趾。"过来瞧呀,看阿尔伯特·爱因斯坦在这里写了什么。"辛格先生念出了底座上的文字,"'我们的后世子孙会很难相信,世上曾经真的来过这样一个人。'我记得当他遇刺时,全世界都哀痛不已。我父亲保存了报纸上的文章,据说为他举行葬礼时,约有两百万人在街道两旁肃立,以表敬意。"

他在雕像脚下把花摆成一圈,但花落到了台阶上。卖农药的小贩过来,帮忙捡了起来。有些人也停下脚步,驻足观望。

"他也戴着眼镜呢,"辛格先生望着甘地的大脑袋笑道,"不过总是有人捣乱,把他的眼镜偷走,所以他只在特殊场合佩戴。1893年,他曾在彼得马里茨堡度过一晚,迄今已有一百周年,于是大家请人制作了这座雕像进行纪念。不知道他看到现在的彼得马里茨堡市区,会作何感想。"

辛格先生环顾四周,笑吟吟地望着众多商贩和顾客。

"莫罕达斯,老朋友,"他拍拍雕像的脚趾说,"你不是曾在候车室里度过一个漫长的寒夜吗,我准备带着这位年轻的朋友默茜到车站去看看。看完我们就回家了。这里的一切请你多加关照,好吗?"

他再次沿着教堂街走去,没有去看默茜是否跟了上来。默茜大感宽慰,主动跟着他离开,因为刚才辛格先生对着雕像聊天儿时,她呆呆地站在那里,觉得自己就像个傻瓜。

第二十六章

车　站

　　车站位于教堂街的尽头,距离市中心有很长一段路。默茜感到越来越难受。她又热又饿,拖鞋把脚趾磨出了水泡。难道参观车站的候车室会比参观雕像更有趣? 事实上,她觉得自己受到了欺骗,所以心情更为沉重。

　　"我现在带你去的地方,默茜,是一个重要的地方。"辛格先生说。他们停下来,在街头小贩那里买了一把香蕉。

　　"那里都有什么?"

　　"什么也没有! 我们什么都看不到。那只是一块空地。"他挥动双臂示意道,接着笑了起来,但默茜没有心情听辛格先生开玩笑。

"不过,这是一块重要的空地,"辛格先生咬了一大口香蕉说,"因为这是甘地经历人生转折的地方。当他年迈时,有人问他一生中最有意义的经历是什么,你知道他怎么回答吗?"辛格先生又剥了一根香蕉:"他说是他被赶下火车后,在彼得马里茨堡车站候车室度过的一晚。"

"他为什么会被赶下火车?"默茜觉得她应该清楚,但她不知道。她只是听说过甘地,知道他很有名,但并不真正清楚他出名的原因。她还以为像爱因斯坦或甘地这样的人物,从一出生就是名人了。

"因为他是印度人,"辛格先生说,"在那个年代,大多数白人不想与印度人、非洲黑人或混血儿坐在一节火车车厢里。甘地坚持认为,因为他持有头等车厢的有效车票,所以有权坐头等车厢,但列车检票员不这么想,所以在这里,也就是彼得马里茨堡,把他赶下了火车。"

辛格先生把香蕉皮扔进垃圾桶,仿佛是在示威一样,然后大踏步向教堂街走去。默茜一溜小跑才能跟上。

"他在南非的火车上做什么?"

"记得我告诉过你,他在伦敦学习法律吗?"

默茜点点头。

"后来他回印度工作了,但他一直很苦恼,因为他过于腼腆。有一次,当南非有人需要一位会讲古吉拉特语的律师时,他们就派甘地去了。于是,他前往比勒陀利亚处理此案,火车上的那件事就发生在这个车站。喏,就是这里。"辛格先生指着一个地方说道。

默茜能够看到前方的车站。车站位于教堂街最高处,外形大方而坚固,俯瞰着下方售卖五金、水桶、酒水和廉价服装的破败店铺。就像彼得马里茨堡的许多其他维多利亚式建筑一样,这座车站由软质红砖建造,体量十分庞大。宽敞的门廊上装有漂亮的锻铁饰边,铺瓦屋顶上高耸着一座塔楼,两扇宽阔的正门通向大厅。

默茜跟着辛格先生穿过其中一扇门,走过铺着瓷砖的锃亮的地板,进入一间小屋。正如辛格先生所说,这里几乎空无一物,只有两张旧木凳和墙上的一幅画。房间里安静而凉爽,就像教堂一样。

他们并排站在画前沉思。在画中,甘地低着头,戴着一副小圆框眼镜,身披柔软的白布。他眉心有一个红色的印子。

辛格先生在一张旧板凳上跪下,双膝咔吧作响。"一切都从此开始。在这里,他经历了深刻的变化。多年以后,他仍然把这里当作他人生的转折点。"

默茜坐在他身边,觉得房间里很宁静。像甘地这样的伟人曾与他们同处一室。想到这一点,默茜感觉有些异样。

"就像我们一样,他也坐在这里。"辛格先生仿佛感受到了默茜的心绪,"不同的是,那是一个寒冷的冬夜,寒冷彻骨,他却因为过于胆怯,不敢去找站长要回自己被没收的行李和里面的大衣。"

默茜可以想象自己也会一样胆怯,不敢去要外套,但是从未想到一个大人也会感到害怕,也会不敢做这样的事。

"那他只穿着像雕像上一样的缠腰布吗?"

"不是,他当时应该还穿着时髦的衣服。缠腰布是他后来回到印度才开始穿的。甘地决定不穿所谓的'外国服饰',以此向穷人表示尊重。无论冬夏,无论会见哪个国家的领导人,他也是只裹着缠腰布,脚穿自制凉鞋。就连有一次他受英国国王乔治邀请,到白金汉宫喝茶,也依然如此。"

"就是弗罗拉阿姨去找的那个乔治国王吗?"

"完全正确!"

"那么,乔治国王为什么邀他喝茶呢?"

"甘地当时声名鹊起。从南非回到印度后,他开始为印度独立而斗争,以摆脱英国的统治。1931年,他去伦敦参加了一次关于印度自治的高级会议。总有一天,你会在学校学到这些知识,了解到他为南非的印度人所做的一切。"

默茜松了一口气,她终于不用听他接着讲历史了。"再给我讲几个他的故事吧。"她在长椅上荡着双腿说。

辛格先生笑了。"故事太多了,我都不知道从哪里开始。"他停顿了片刻。"我想起来了。当他去伦敦会见乔治国王和其他要人时,他带着一只山羊乘坐大蒸汽轮船同行。在旅途中,他亲自给山羊挤奶,喝的也是羊奶。"

默茜笑出了声。

"后来,到达伦敦时,他不愿与其他要人住在豪华的酒店里,而是住到了伦敦贫民区一所简陋的房子里。无论走到哪里,都有一群孩子追在他身后。他非常喜欢孩子。在他生日那天,孩子们还送给他一些可爱的礼物,而他也一直珍藏着那些礼物。"

"是什么样的礼物呀?"

"要是我没记错,礼物有两只毛茸茸的绵羊、几根生日蜡烛、一个马口铁盘、一支蓝色铅笔和几个果冻。"

默茜脱下拖鞋,弯腰检查脚趾间的水泡。她把脚放到长椅上,吹着被磨红的皮肤,好缓解一下疼痛。"那他在这里到底干了些什么?他是怎样在一夜之间变得不再胆小,而是成了一位名人?"

"他不是在一夜之间成名的,成名从来不是他的本意。他也没有在一夜之间变得不再胆小。但那天晚上,他反思了很久。他很想当晚就离开南非,返回印度,因为回国后他就不会再听到这些种族主义的谬论,但他决定去尽自己的责任,所以留了下来。他决定面对艰难的现实,而不是逃离人们的偏见。从某些方面来看,这也许是件小事,但这是他生平第一次这么做,并因此改变了世界。"

辛格先生沉默了片刻,似乎陷入了沉思。

"你听说过萨蒂亚格拉哈吗?"他问道。

"没有。你说的是什么?"

"萨蒂亚……格拉……哈。"

"萨蒂……亚……格拉……哈。"

"对。这是个梵语单词。大部分人认为它的意思是非暴力不合作,也就是甘地提出的著名主张。但实际上,这是两个词的结合:'萨蒂亚'表示真理,'亚格拉哈'表示有礼貌地坚持主张。因此,它的真正意思是有礼貌地坚持真理。甘地对他的敌人总是彬彬有礼,甚至十分友善。"

辛格先生站起身,向窗外望去,再次陷入沉思。

"在他身上,最与众不同的是,他生活在一个充满仇恨的世界里,但他却没有仇恨。他对所有人,甚至对他的众多敌人,也不会发怒。他只是平静而礼貌地指出他们错在哪里,这就是他了不起的地方。假如对方感到不快,他也只是平静而礼貌地承担后果,即使这意味着要锒铛入狱,辛勤劳作却难以果腹,或者经常遭到殴打——这些情况在他身上时有发生。有时候,他会拒绝进食,直到他的要求得到满足。据说有一次他连续二十一天没有进食,险些死掉。马丁·路德·金和我们敬爱的曼德拉等人都深受其影响。这并不是说,每个人都要在冰冷的候车室里过上一夜,但每个人都会在一生中的某个时刻,不得不做出决定——如何面对所遭遇的不公。"

默茜叹了口气。辛格先生好像很感动,但这对她却没有太大触动。所有这些关于遭遇不公、食不果腹和遭受痛苦的故事只会让她想起自己的问题:她也可以一天到晚给山羊挤奶,但弗罗拉阿姨仍然不会有好转;她也可以拒绝穿外国服装——假如她有的话——但她仍然会被送往儿童之家;她也可以平静而礼貌地表示她们需要更多钱来修理屋顶和铺设电线,但是有谁会听呢?"萨蒂亚格拉哈"对甘地也许能行,但是无法解决她的问题,因为它们太复杂了。

更糟糕的是,她还要走很长一段路才能到家。一路上,她脚上的水泡都火辣辣地疼。

第二十七章

红药水

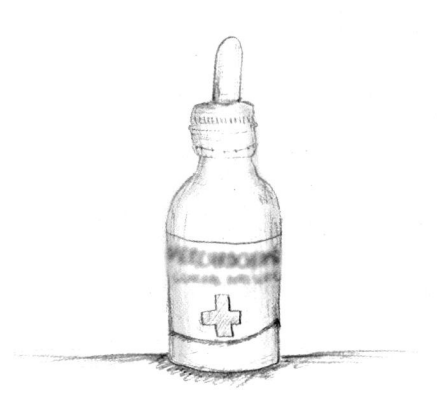

"天哪,你们走得可真够远的!"玛丽阿姨一边说,一边打开一小瓶红药水,往卫生纸上洒了一些,轻轻地抹在默茜的水泡上。"难怪你把可怜的双脚磨成这样。别动,有点儿疼啊。"

默茜狠狠地咬住下唇,她不想让玛丽阿姨知道自己有多疼。当她一跳一跳穿过走道,准备上床休息时,她听到有人轻敲着纱门。

"你怎么样了?"她听到辛格先生问。

她停下脚步,靠在阴凉的墙上侧耳细听。

"要我说,恐怕只有一件事还挺好的,那里干净整洁,而且有很多规矩,"玛丽阿姨说,"墙上的告示层层叠叠,写着各种各样的规定:熄灯时间、探视时间、用餐时间、服药时间等。但把它们都贴在墙上,多让人压抑呀,那里应该像个家一样才对。"

"那里一点儿也不像家吗?"辛格先生问。

"这个嘛,你可以自己带被褥。我还看见有几个盆栽。"

"唉,天哪。弗罗拉小姐怎么想?"

"呃,电视机开着,大家好像都焊在那里一样,一起看动画片。动画片里有一只会说话的猪,真是不敢相信,弗罗拉也被吸引住了。"玛丽阿姨叹了口气,"我有种感觉,可能不仅仅是因为电视,而是所有人都服用了镇静剂。他们看起来都很顺从,一副垂头丧气的样子。"

"那么你最后决定了吗?"

"我填了表格。"玛丽阿姨沉默了很长时间,"我想我没有太多选择。我不知道该怎样告诉默茜。"

"那接下来呢?"

"他们有社工,社工会联系我的。"

玛丽阿姨讨厌社工,总说他们是爱管闲事的老顽固,但现在竟然要让社工到家里来!

看来她已经做出了决定。默茜要去那个什么之家,那里会挂在墙上的东西只有一大堆规定。她只能和其他服过镇静剂的孩子们一起看电视里的小猪佩奇。

她顺着墙壁滑坐在黑暗的过道里,双手捂着头,仿佛屋顶要塌下来似的。

第二十八章

玛丽阿姨

"默茜?宝贝,你没事吧?"玛丽阿姨站在她身旁,"你都听到了吗?宝贝,哦,宝贝。"她伸出胳膊,把默茜扶起来,带她走进厨房,在椅子上坐下。

原来是弗罗拉阿姨要去那个什么之家。不是默茜。当她和辛格先生去镇上看望莫罕达斯时,玛丽阿姨和弗罗拉阿姨去了西街尽头的一家安养院。

"可我们不能在这儿照顾她吗?"默茜问。她觉得如果自己再说下去,一定会哭出来的。

"我本来以为可以,默茜。但昨天弗罗拉独自游荡到板球场,我才发现要想照顾好她会越来越困难。我必须保证她的安全。承认这一点让我很伤心,但我不能每天都看着她。总之,我欠她的。"

默茜抬起头来,一脸困惑。

"当弗罗拉十九岁,我二十一岁时,我们的母亲过世了。没过多久,弗罗拉和一个名叫斯基珀·爱德华兹的年轻人订了婚。但就在婚礼前,我得了猩红热,后来又发展成更严重的风湿热。父亲担心我心脏和肾脏会出问题,让弗罗拉推迟婚礼,回来照看我,直到我康复。"玛丽阿姨不再说话,默茜难过得想哭。

"她说到做到,"玛丽阿姨平复了一下心情说道,"而且多亏有她照料,我才日渐康复,现在还强壮如牛。"

"那斯基珀·爱德华兹呢?"

"唉,这就要讲到伤心事了。在弗罗拉照顾我的时候,他在约翰内斯堡矿山找到了一份工作,认识了另一个女孩,并娶她为妻。弗罗拉此后一直没有结婚。"

"这真让人伤心。"

"是的。虽然她从未责怪过我,但我确实感到对她有所亏欠。可能就是因为这个,直到今天我仍然害怕强人所难,比如说你要在学校做的那些事情,不过我永远不会告诉可怜的普鲁伊特老师这些。

所以现在尽管做这个决定很艰难,但我必须要做,因为这对弗罗拉好。"

她们的谈话被弗罗拉阿姨打断了,她在厨房里踱来踱去,然后挎着一个篮子走了出来。

"亲爱的弗罗拉,你要去哪儿?外面又黑又冷。"

"我要去捡冬天的柴火。"弗罗拉阿姨说。默茜和玛丽阿姨透过厨房的窗户,看见她正弯腰去捡番石榴树下的枯枝。

默茜听到她的歌喉略带颤音:

那一夜明月当空,

下霜后天寒地冻。

我看见有个穷人,

捡着冬天的柴火。

玛丽阿姨用力把胳膊撑在水槽上,叹了口气。"好吧,好吧。如果弗罗拉想捡柴火,我们也来帮帮她。这时候真需要勇气。我们就在壁炉里生火,做'佳芙乐'[①]当晚餐吧。"

"好的。"默茜说。她下定决心,自己要尽可能变得勇敢起来,以

[①] 即飞碟三明治,是一种边缘密封、经过烘烤而成的三明治。

免给玛丽阿姨增加负担。不过,她可不知道什么是"佳芙乐"。

于是,她们开始捡树枝,点蜡烛,生起了火。玛丽阿姨找到了旧铁鏊①,辛格先生带来了咖喱豆和一小块奶酪,玛丽阿姨又拿来面包、黄油和一瓶果酱。默茜往铁鏊上抹了油,然后放进三明治的食材,拿起来在火上烘烤。他们把椅子拉到炉边,在金黄色火光的映照下,把融化的奶酪、咖喱豆和果酱随意组合在一起,作为晚餐。弗罗拉阿姨执意要把这三种食材都放进自己的三明治里。

"这东西叫什么?"她问。

"佳芙乐。"玛丽阿姨说。

但弗罗拉阿姨听过这个词就忘了。"嗯,我还挺喜欢这些家家乐的。"她边说边擦去下巴上的咖喱豆和果酱。

---

①两个用铰链连接的金属盘,带着一个长手柄。

第二十九章

蜜　蜂

第二天是星期天。辛格先生爬上梯子,想要清理一下满是树叶的檐沟。玛丽阿姨正在修剪爬到屋顶的紫藤。她和辛格先生认为屋顶漏水很可能是因为檐沟落满了树叶,所以决定进行清理,不让枝叶碰到房屋。默茜的职责是看着弗罗拉阿姨,她正戴着头巾清扫过道。

默茜坐在厨房的桌旁,手里拿着一本旧《大英百科全书》,一边听着干草扫帚沙沙的扫地声,一边读书。她决定给大家讲讲甘地,但这并不容易,因为字太小,信息又太多。她很难弄清甘地都做了些什么,而她应该把重点放在哪里。她常常希望家里能上网,而不是抱着一大套破旧的百科全书找资料。这样一来,她就不必读完有关纳塔尔印度人大会、争取印度独立的斗争、分裂和独立等篇章,而这些事情她此前闻所未闻。更困难的是,普鲁伊特老师说过,必须讲清楚自己为什么崇拜这位楷模,而不应只讲几个生平故事。或许她可以讲讲甘地在轮船上挤羊奶,穿着缠腰布和亲手制作的凉鞋与英国国王喝茶的故事,但除非她能解释甘地为什么会成为伟人,这些故事才有意义,否则他就只是一个衣着滑稽、喝羊奶的疯子。

有什么东西叮了一下她的腿,于是她用手拂了一下。当她把手放回书上时,她看到一只蜜蜂正紧贴着她的手指。厨房里、窗台上和地板上到处都是蜜蜂。

默茜慢慢站起身叫弗罗拉阿姨。她踮起脚,以免踩到它们。

"蜜蜂?"弗罗拉阿姨说,眼睛顿时一亮,"让我看看。"

弗罗拉阿姨把双手伸到厨房的窗台上,让它们爬到自己的手上。

"你们好,小可爱们。"说着,她用双手把它们拢住,然后把它们带到花园里。默茜发现弗罗拉阿姨胸前有只蜜蜂,正往她的脖子上爬去。

房子另一侧传来响亮的嗡嗡声。大叶紫薇树下方的枝条上有一大群蜜蜂，宛如一个嗡嗡作响的大号铜球。弗罗拉阿姨轻轻挥手，让蜜蜂飞走了。

"你瞧，"她说，"蜂王就在那群蜜蜂中间。它们把它团团围住，好保护它，为它取暖。蜂群没什么可怕的，默茜。除非……"

"弗罗拉！"玛丽阿姨从房子另一边走来。

弗罗拉阿姨突然跳了起来，仿佛做错了什么事一样。"哎呀，哎呀。"她用手拍打着嘴巴，满眼都是泪水。

一只蜜蜂叮了她的上唇。

"它蜇了你！"默茜吓了一跳。

"蜜蜂就是这样。"玛丽阿姨说。

"我还以为弗罗拉阿姨很了解蜜蜂，它们不会伤害她呢。"

"默茜，天哪！"玛丽阿姨拿开弗罗拉的手，解开她的头巾，想要看看伤口。弗罗拉阿姨的上唇迅速肿了起来，看起来活像一只嘴巴尖尖的奇怪的小鸟。

"拿冰来，快点儿！天哪！"玛丽阿姨一拍脑门儿，忽然想起来没有电，所以也没有冰。她催促弗罗拉阿姨离开蜂群。"默茜，跑去马路对面找德韦特先生，问他要些冰。"

默茜知道密码,因此顺利穿过德韦特先生的栅栏,砰砰猛敲了几下门,她都担心前门上有着螺旋图案的玻璃会被自己砸碎。公爵在里面狂吠,向门口猛扑,但德韦特先生没有开门。于是她跑到隔壁,按道边门柱上的门铃,也没有人开门。她又跑到另外两栋房子,一边强忍恐惧和沮丧的泪水,一边使劲按下门铃,简直要把砖墙按穿一般。

她返回家中,手里却没有冰块。玛丽阿姨和辛格先生正把弗罗拉阿姨往车上抬。她的整张脸都肿了,头奇怪地垂在一边。她昏倒了吗?

"她以前从不过敏,"玛丽阿姨说,"辛格先生,她被蜜蜂蜇过的次数比你吃过的热菜还多。"辛格先生陪弗罗拉阿姨坐在后座。默茜跑进屋里,拿来一个靠垫,放在她看起来可怜兮兮的浮肿的脑袋下。弗罗拉阿姨的头晃来晃去,仿佛正在缓缓凋零的玫瑰花。

"我能一起去吗?"默茜绝望地问道。

但玛丽阿姨摇了摇头。"不,亲爱的,我想你最好留下来。我想我们……唉。不,不,你还是留在家吧。"她的声音里充满了前所未有的混乱。她目视前方,迅速把车倒了出来。

默茜追着汽车,看着它开下霍德森路,在拐弯处左转。玛丽阿姨很可能不想让我亲眼看着弗罗拉阿姨离开人世。想到这里,她忍不住哭了起来。

第三十章
三杯甜茶

但弗罗拉阿姨没有死。她在医院打了一针,当天下午就带着肾上腺素自动注射器返回家中,以防再次发生意外。

默茜和玛丽阿姨搀着她躺到床上。默茜沏了三杯甜茶,用托盘端到客厅。玛丽阿姨和辛格先生瘫坐在椅子上,盯着地板。默茜认为他们只是被突发的意外吓住了,但事实上情况更糟。

"亲爱的默茜,过来坐这儿。"玛丽阿姨拍了拍旁边的椅子,拉住了默茜的手。她的语气让人不寒而栗。

"真抱歉,让弗罗拉阿姨发生了这种事。"默茜强忍着泪水。

"那不是你的错,默茜。宝贝,你不要太自责。医生说,即便那些过去没有太大过敏反应的人,有时也会突然对蜜蜂毒液产生过敏反应。不过,我想和你谈的是另外一件事。我已经决定,这件事非做不可,尽管这让我很难过。"

"什么?"默茜的心怦怦地跳。

玛丽阿姨沉默了很久。"我决定把这所房子和地皮卖给克雷文先生。他曾经提过要买下这里。有了这笔钱,我就可以把弗罗拉送到更好的安养院,让她得到妥善照顾。"

"卖掉?我不明白。那我们和辛格先生住到哪儿呢?我们要去哪里?"

"是啊,这问题很复杂,我还没来得及考虑周详。但我向你保证,我会好好照顾你。我想到了几个主意,但需要时间考虑一下。在这段时间里,辛格先生说请你和他的家人一起住到莱斯山上。不会太久的,等我想出来妥善的解决办法就去接你。"

"辛格先生也会搬到莱斯山上吗?"

"哦,是的,"辛格先生说,"我会搬回家中,你也跟我一起去。这是权宜之计。我们挤一挤就行了。我可以在车库里给你腾出来一点儿地方。"

"车库?"

辛格先生点点头,就连他也想不出更委婉的方式来表达。

"那柠檬呢?"

"柠檬?它当然和我们一起啦。"辛格先生说,"我们有个小花园和一棵桃树。"

玛丽阿姨叹了口气。"假如我们留下来,就要重新布线,修理屋顶,更换天花板和新的檐沟。一切都突然坏掉了,尽管我讨厌谈钱,可我们的钱不够把这些事情都办完。"

没什么可说的,也没什么可做的。他们都呆呆地坐着。

"我想今天弗罗拉的这场意外让我清醒过来了。"玛丽阿姨悲伤地从椅子上站起身,伸展了一下双臂。她缓缓地走到大厅。默茜听到她打开小桌抽屉,翻开宣传册。接着是玛丽阿姨拨号的声音,嘟嘟嘟……

"喂?是克雷文先生吗?我是玛丽·麦克奈特……"

默茜听不下去了。她穿过走道跑回房间的床上,把头埋在枕头下。

第三十一章

祈祷和奇迹

周一清晨,默茜起床后,看见辛格先生穿着背心和睡裤从小屋走了出来,手里拿着一把小铜壶,壶里装着水。他举起铜壶进行拜祭,然后把水浇到那棵大叶紫薇树下。现在默茜已经看惯了他的晨练动作:先触碰脚趾,再转动双肩,接着向后下仰身,最后挥舞胳膊,拍打胸前。随后,他沐浴着阳光,坐在椅子上,仰脸做深呼吸,手里还拿着一串念珠。当默茜问他为什么每天早上都如此时,他说这有助于平静头脑。

他告诉默茜,当甘地还是个男孩时,保姆曾带他去看大象如何穿过闹市。有时大象会左右摆动象鼻,边走边偷椰子和香蕉,从而引起很多麻烦。但是后来象夫——也就是驯象师,给了大象一根木棍,让它用鼻子卷着,大象就会昂着脑袋缓步前行,由于鼻子上卷着木棍,它不会再制造一点儿麻烦。辛格先生说,对他来说,每天的祈祷和练习就如同这根木棍,可以阻止他的头脑制造麻烦,或者去"偷香蕉"。

默茜心想,或许她也需要祈祷让自己平静下来,不再惊慌失措。她还记得什么祷文吗?于是默茜念道:"我们的天父……"但接下来的内容她忘掉了,只记得"根据2010年颁布的《儿童法》,每一名儿童都具有法定代理权,因此我强烈要求,暂缓执行该命令。"

"我们的天父,我们的天父……"她一遍又一遍地念着。

默茜有种可怕的感觉,光有祈祷是不够的。她需要某种更加强有力的东西突然从天而降,解决眼下乱七八糟的局面。她需要奇迹。

第三十二章

图 书 馆

"哎呀呀!"

当全班同学等着普鲁伊特老师去拿花名册时,奈丽斯韦在教室里翩翩起舞。她挥起手中的奖券,像在挥舞一面彩旗。

"我要去乌沙卡海洋世界。我要去乌沙卡海洋世……"她唱道。

"你卖了多少张奖券?"碧翠丝问。

"二十,差不多二十张吧。"她吹嘘道。

"是吗?你猜怎么着,我已经卖掉三十二张了。"碧翠丝在奈丽斯韦眼前挥舞着奖券说。

"哟,哟,哟!三十二张?你可别撒谎!"

奥利芙凑近默茜身边,低声说:"我已经卖掉四十三张了,你可别告诉其他人呀。"奥利芙看起来很开心,或许是因为她卖掉了很多奖券,或许是因为她接到了聚会邀请——只不过她还是被人诓了,要她打扮成一个肉丸。默茜不敢跟她谈聚会的事。她不知道该怎么说才能让奥利芙明白,她之所以受到邀请,是因为有人等着让她打扮成肉丸,好看她出洋相。这话她该怎么告诉奥利芙?

此外还有奖券的问题。尽管默茜清楚她没有多余的精力去琢磨这事,但是那天上午,普鲁伊特老师宣布,凡是卖不出五张以上奖券的学生,都会被记过。默茜可不能再冒险惹出乱子,让社工来学校。否则,奈杜太太随时都会驾到。只要默茜有任何"不听话的表现",奈杜太太就可能重新考察她的生活状况,并且认为即使是权宜之计,她也不该住在莱斯山上,而是应该前往一个"安全的地方"或者一个新的寄养家庭。辛格先生主动买了一张奖券,她不能再要求他多买了,她更不敢去问玛丽阿姨。

她要做的是她害怕做的事情,那就是挨门挨户去兜售。

那天晚些时候,全班同学去图书馆准备关于人生楷模的口头作业。普鲁伊特老师很重视这项作业,因此同学们所有的空闲时间都在图书馆里度过。默茜高兴地看到，那里有很多关于甘地的书，她再也不用跟人争讲曼德拉了。

她发现关于甘地的有些情况十分奇怪。比如，他在十三岁时就被安排了包办婚姻。十三岁！只比默茜大两岁。她决定在讲述时不提这一点，因为她可以想象碧翠丝会咯咯傻笑，然后问普鲁伊特老师："这是不是……不合法呀？"

当奥利芙坐到她旁边的椅子上时，默茜正在看甘地的一张名为《盐路长征》的黑白照。照片上，他一身白衣。奥利芙拿了一本杂志，杂志上有一篇关于剑桥公爵夫人的文章。她正在考虑自己是讲公爵夫人开展的慈善工作还是她的穿搭风格。

"我不知道。"默茜说。她从未真正关注过剑桥公爵夫人或者她的穿搭风格。

"你瞧，我真的很喜欢她的衣着，但我想普鲁伊特老师……"

"奥利芙，有件事我必须要告诉你。"默茜鼓起勇气说道。

"什么事？"奥利芙的眼睛在厚厚的镜片下显得更大了。

"你知道碧翠丝的聚会吗？"

"知道呀，我希望你也参加。你会去吗？碧翠丝还让我打扮成一个弗里卡德球呢！你准备打扮成什么样呀？"

"不打扮。"

奥利芙满脸困惑。

"这不是化装聚会,请柬上根本没有写这个。"

"但是……碧翠丝告诉过我。她说她会穿成考克喜斯特,奈丽斯韦会穿成索萨蒂……烤肉串什么的。"

"不,她们不会。聚会在威姆比,那是个商场。没有人会打扮成那样——我是说穿成美食去商场里的。"

奥利芙盯着默茜。"可为什么……哦!"她顿时涨红了脸。

"对不起。"默茜低声说。

"大家可以把书放下了,"普鲁伊特老师拍了拍巴掌说,"我们回教室打扫卫生,布置家长会场地。使用互联网查资料的同学,可以把文件保存在电脑上。"

默茜站起身,在把有关甘地的书放回书架上时,看到碧翠丝正蹲在那摞书后面。如果默茜和奥利芙说话时她就在那里,她一定听到了所有内容。

第三十三章
往　事

　　星期五下午到了，默茜无法去参加威姆比的聚会，原因有两个：一是因为碧翠丝可能听到了她和奥利芙的对话，二是她只有一件手工制作的礼物——一个纸浆碗。那是她用家里的面粉、水、凡士林油和旧杂志做的，看起来又小又丑又笨。于是，玛丽阿姨给碧翠丝的母亲打了电话，告诉她默茜感觉不舒服，不能参加聚会。

　　还有奖券的事要操心。辛格先生买了一张，默茜需要在第二天的家长会之前再卖出四张。她不情愿地拿起奖券和一支圆珠笔，准备到邻居家碰碰运气。

德韦特先生正在人行道上种麦冬草,他说他会买一张。他拍了拍卡其色短裤,从深深的口袋里掏出一张二十兰特的钞票,但默茜没有零钱。德韦特先生说没事,那他就买两张。

"告诉麦克奈特小姐,如果那群蜜蜂还在,我周二前后就去你家。我说过会帮她把蜜蜂弄走,可我要等儿子找到合适的工具。"

"好的。谢谢您购买奖券,德韦特先生。"

默茜按下另外两家的门铃,这两栋房子前都装着尖尖的木桩当栅栏。但是没有人开门,这种情况发生在周五晚上很奇怪。她记得上周日过来借冰块时,这两栋房子也是空的。

"他们搬走了,"德韦特先生喊道,"把房子卖给了房地产开发商。"

克雷文先生买下了半条街。

街角的房子里肯定有人,因为车道上停着一辆面包车。当默茜走近时,她惊讶地发现面包车上印着豹纹字母。难道瓦库医生搬过来了吗?正当默茜要按门铃时,瓦库医生走了出来。他穿着一件海蓝色睡袍,睡袍的下摆像乌云一样在他身后翻卷。

"你好,你好。我能帮你做点儿什么?"默茜已经忘了他低沉的声音。认出默茜后,他停下了脚步。"你就是那个小女孩,和两位老太太住在一起的。"他笑着用长长的手指朝她们家的方向摆了摆,

"你需要帮助,对吗?"

"对,"默茜心想,"没错,我在很多方面都需要帮助。"但她只说了请他买一张奖券。

"老太太们好吗?"他从睡袍口袋里掏出几枚硬币。

"她们得卖掉房子,因为弗罗拉阿姨要搬到安养院。我不知道接下来会发生什么。"

"哎呀。这太糟了。我能帮上什么忙吗?"

"谢谢您,但您帮不上忙,谁也帮不上忙。事情已经定下来了。不过谢谢您买了奖券。"

"需要我帮忙的话,随时告诉我。"

"好的,谢谢您。"

她向远处走去,拐进比塞特路时,默茜看见他还站在那里,举起一只手,仿佛在表示祝福。不知道他说可以帮忙是什么意思,难道他知道些什么吗?

默茜走了一会儿,考虑接下来要去谁家。大多数院子里都有人声,但他们都很难接近。有些人家里养着大狗,她只要经过,狗就会吼来吼去。还有很多家门口都装着防盗长钉或带刺的铁丝网。

她在一扇挂着大锁的大铁门前停了下来,伸手轻轻敲门。这家没有门铃或对讲机,也没有狂吠的大狗。刹那间,一段深埋多年的记忆浮现出来。

那时默茜很小,大概只有四岁,她的新衣服上划了道口子。那天好像是什么人过生日,因为她和妈妈吃了蛋糕。蛋糕放在一个塑料袋里,看起来闷得透不过气,因为塑料袋胀得鼓鼓的,顶部还打了个结,以防有空气进去。妈妈曾经告诉默茜,她绝不能把塑料袋套在头上,所以当她看到这块蛋糕时,知道它已经不行了。妈妈把蛋糕放在地上,面前是一扇挂着大锁的大铁门,可她们进不去,所以也不能把蛋糕送进去。接着,一位老太太和凯瑟琳姨妈拿着一大串钥匙跑出了房子。两人都很害怕,摸索着钥匙想打开挂锁,但总是妨碍到对方。她们还不时回头往房子里看。随后,老太太跪了下来,把手伸过铁门去够默茜。妈妈把默茜放在地上,于是老太太伸出苍老的手指抚摸默茜。她抓着默茜的前胸和手臂,这让默茜很难受。

接着,一个老头儿和克利福德姨父从房子里跑了出来,他们挥手大喊着什么。凯瑟琳姨妈手中的钥匙掉在了地上,她呆立在那里。老太太把手指从铁门外缩了回去,满眼都是泪水。

那个老头儿对妈妈大喊,喝令她回家好好想想。默茜听不懂他们在说什么。克利福德姨父像在跑步一样喘着粗气,拳头一张一合。"你答应过我,你不会再来的,罗斯。"说完,他朝妈妈啐了一口。

于是，妈妈抱起默茜，转头朝出租车站走去。那块闷在塑料袋里的蛋糕被丢在人行道上。妈妈紧紧抱着她，以至于在回到内德班克广场的公寓之前，她几乎无法呼吸。尽管默茜当时只有四岁，但她知道，大家之所以如此气愤，不是因为塑料袋里闷着的那块蛋糕，而是因为她。她才是问题所在。是她让大家痛哭流涕，但她不明白为什么。

默茜松开铁门，坐在人行道上，双脚垂在水沟里。她闭上眼睛。克利福德姨父喘着粗气、拳头一张一合的画面仍历历在目。他为什么这么讨厌她？她知道，凯瑟琳姨妈爱她，她的母亲爱她。克利福德姨父为什么不爱她？她只记得他的愤怒和叫喊。他生气只是因为妈妈未婚生女吗？还是他……？有个想法突然闯入默茜的脑海。难道克利福德姨父就是她的生父？没有人跟默茜谈起过她的父亲，她也从来没有问过。玛丽阿姨知道答案吗？凯瑟琳姨妈肯定知道，但默茜已经六年没有见过她了，也根本找不到她。

默茜从人行道上起身回家。有时候，即使只是卖出一张奖券，也远比人们想象的要难得多。

第三十四章
格格不入

事实证明,默茜想错了,她不必拎着一个旧面包袋去参加家长会之后举办的野餐会。辛格先生做好了食物,装在一提银色的小罐子里,还用侧边的夹子封住了口。

"这叫简易食盒,只要像这样打开盒盖,你就可以看见里面每一层都装着食物。"

她掀起一层层盒盖时,仿佛打开了一件件礼物:顶部是切成小块的印度烤饼;第二层是豌豆和土豆做成的小馅儿饼,名叫阿卢吉第吉;第三层的红豆咖喱,辛格先生叫它拉姆贾;底部是一块块椰子甜点。

"让弗罗拉小姐尝尝每一种点心,"辛格先生说,"里面放了很多炼乳,我知道她喜欢吃甜食。"

他用旧报纸把盘子、叉子和玻璃杯包起来,装进一个方格图案的纸盒,还装了一瓶芒果奶昔。

默茜清楚辛格先生花了很多时间和精力为她准备野餐食物,也知道自己应该表示感激,但她心中压倒一切的感觉却是羞愧。在家长会上,食盒本身的样子已经和其他家长准备的格格不入,里面的食物更加奇特。别的同学可不会用简易食盒,而是用保温袋。他们会带上沃尔沃斯零售店塑料袋包装的牛排、牛肉卷、面包卷、小胡萝卜和西红柿。他们还会做烧烤,喝罐装冷饮。

"非常感谢您,辛格先生,"她说,"这看起来真不错。"

当默茜帮他把折叠椅和一条旧毛毯装进汽车后备厢时,玛丽阿姨正费劲地给弗罗拉阿姨穿衣服。

下午四点左右,弗罗拉阿姨睡得正香,默茜很希望她不要马上醒。但她却醒了过来,穿上运动裤,把旧运动衫塞进裤腰,还搭配了米色的袜子和棕色系带鞋。

"你为什么不留在家里?"玛丽阿姨看见后问道,"你会很累的,而且……"

"留在家里？"弗罗拉阿姨说，"我不能留下来。这是默茜的家长会，我非参加不可。"

于是玛丽阿姨带她换了衣服。不一会儿，弗罗拉阿姨穿着一件缀满金色亮片带垫肩的棕色开襟羊毛衫、一条亮黄色的尼龙百褶裙和一双米色系带凉鞋，出现在默茜眼前。

弗罗拉阿姨的黄色裙子已经够糟了，但默茜更担心的是自己该穿什么。她试了所有的衣服，床上堆满了旧打底裤、变了形的T恤、连帽衫和弗罗拉阿姨做的旧连衣裙，而且全都是一成不变的款式。她穿上简直就像六七岁的小孩儿。她手里就拿着一套，上身是紧身衣，下身是大摆裙，后面有一排扣子。默茜从没看见其他人穿过这种衣服。

如果能穿校服反倒更容易些，而她可以假装本应如此。

她拿上奖券和装着四十兰特的信封，坐在门前的台阶上等着出发。她把钱拿出来，又数了一遍：一张二十兰特的钞票，一张十兰特的钞票，还有两枚五兰特的硬币。

钱。如果有钱，很多问题都能迎刃而解。但没有钱，生活简直难以为继。

普鲁伊特老师说过，他们到校后，要先去教室交钱和奖券。教室里已经挤满了人。弗罗拉阿姨站在门口,眨着眼睛。她脱掉开衫,把它像香肠一样拧来拧去。

"借过。"一个穿着西装的高个子男子在进教室时说。默茜拉着弗罗拉阿姨的胳膊,把她带到一边。那人低头看了看她们,一定被弗罗拉阿姨的衣着吓了一跳。

"你好——美呀!"他诧异地说道,为自己的玩笑自鸣得意,然后笑着大步走进教室。

碧翠丝也在他身后窃笑。"嘿,默茜。"她嗲声嗲气地说。

默茜还没来得及回答,碧翠丝一把推开她,走到教室后面的展示台。"嘿,老爸,来看看我们做的东西!"她喊道。但碧翠丝的爸爸正在接电话,他背对教室在窗边踱来踱去。碧翠丝拽了拽他的衬衣,他却挥了挥手,像驱赶苍蝇一样让她走开。

玛丽阿姨和弗罗拉阿姨久久地凝视着普鲁伊特老师收集的千奇百怪的让南非人引以为傲的物品。后面的储物柜上放着一个像爬虫一样的东西,看起来模样怪异,弗罗拉阿姨注意到了,她还蹲下身来摆弄了几下。默茜不知道该不该告诉弗罗拉阿姨,这不过是用来清洁游泳池的吸尘器,但她觉得弗罗拉阿姨知道后会更迷惑。

至于玛丽阿姨,人们只要看一下她下垂的嘴角,就知道她在想什么。在这些奇怪的展品里,有一张第一位施行心脏移植手术的南非医生克里斯琴·巴纳德的过塑照片、德波纳尔比萨盒、几个阿普利泰瑟果汁瓶以及伊丽莎白港口防波石的照片。后者看起来宛如一堆巨型的指节骨,在阻挡海浪的侵袭,但它们组合在一起的样子就连默茜也觉得没有什么值得骄傲的。

很少有人注意到普鲁伊特老师在书柜上陈列的一排小型文物。普鲁伊特老师希望全班同学都为此贡献一份力量,但只有两名同学做到了:奈丽斯韦带来了一根饰有珠子的木质科萨烟斗,JJ带来了一个奶奶制作的绣垫。

"非常感谢你,JJ。"普鲁伊特老师戴上眼镜端详着绣垫说,"你奶奶做的绣垫是个穿裙子的泰迪熊啊!我不确定这算不算文物,但有了总比没有强。至少你还记得我说的话。"JJ骄傲地环顾全班同学,开心地咧嘴一笑。

那天早上,普鲁伊特老师还在收藏品中加入了自己的东西——一张带着生皮垫的小木凳和一段蕾丝花边。她解释说前者是布尔战争中的文物,后者是她祖母在马弗金被围时做的手工。普鲁伊特老师谈起这些东西就滔滔不绝,花了一整堂课来讲述自己的家族史,让大家仔细观看做工精美的生皮垫和蕾丝花边,直到桑多在椅子上越滑越低,最后咕咚一声摔在地上,大家都笑了起来,普鲁伊特老师终于转换了话题,不再谈那些古董。

但那天晚上,默茜觉得普鲁伊特老师显得有些紧张。她穿着一套新的绿色衫裤套装,要是没看到她搭配的手镯和口红,简直就像是一只蚱蜢。她双腿纤细,拿着奖券在人群中来回穿梭,时而与家长们握手,时而数着钞票。当看到桑多在踢着一个纸做的足球时,她连忙出面阻止,默茜猜桑多用的很可能是他的奖券。普鲁伊特老师不能当着所有家长的面对桑多厉声斥责,所以她伸出一只胳膊,半开玩笑地想要抓住他,但桑多一下子就躲开了。

"对不起,普鲁伊特老师,我只卖出了四张。"默茜递上手中的奖券说。但普鲁伊特老师已顾不上她,只说了一句"谢谢你,默茜",然后在纸上记了下来,并没有提起记过的事。

"还有,我需要你帮个忙。"当默茜转身要走时,普鲁伊特老师说,"大家交钱的时候,你来数钱,我来记录,速度会更快些。"

于是,默茜坐在课桌后面,开始清点源源不断交上来的信封里的钞票。还真不少:奥利芙交了五百七十兰特;奈丽斯韦二百五十兰特;碧翠丝三百八十兰特。还有些同学,比如桑多和JJ,只交了一二十兰特,但大多数人都至少卖出了十张奖券。

默茜环顾教室,今晚的景象并不常见——灯火通明,到处都是家长。弗罗拉阿姨又站到了门口,不停地摆弄着棕色开衫。玛丽阿姨很高兴,她正和桑多的妈妈聊天儿。桑多和妈妈有着同样的笑容、同样光滑的棕色皮肤和同样的短发,只是妈妈比儿子更高,也更漂亮。默茜喜欢她的蓝色印花连衣裙、圆形耳环和串珠项链。她还看见奥利芙拉着妈妈的手,在角落里热切地交谈。

玛丽阿姨来到课桌前,找到默茜说:"默茜宝贝,我看到你有事情要做。弗罗拉和我先吃点儿东西,然后到操场转转。等你忙完了,就来找我们吧。"

教室里只剩下默茜和普鲁伊特老师,大家都去操场参加"我为南非自豪"的野餐会了。默茜清点完毕,共有五千七百三十兰特。

普鲁伊特老师精神抖擞,把数目记了下来,把钱塞进一个棕色的大信封里。随后,她把那些珍贵的文物锁进书柜。"天哪!"她突然喊道,"少年合唱团就要开演了,我得到图书馆做准备。谢谢你的帮助,默茜。赶紧去找同学们吧。"她拿起手提包,匆匆离开教室。

默茜能够听到操场上传来的尖叫声和笑声,她想象着弗罗拉阿姨和玛丽阿姨坐在旧帆布折叠椅上,旁边铺着那张破旧的毛毯,上面摆着简易食盒。她坐在椅子上,双臂撑着课桌,揉了揉眼睛,想赶走脑海中的画面。她知道应该和大家在一起,但她不想在其他人玩得正欢的时候独自走过去。

"默茜,你怎么还在这里?为什么不去和朋友们一起?"普鲁伊特老师返回教室,来拿挂在门后绳子上的图书馆钥匙。她仍然忙个不停,身后还跟着碧翠丝。看到装钱的信封还在桌上,她立即把它锁进存放文物的书柜里,然后把图书馆钥匙递给碧翠丝,说:"拜托你快去图书馆把门打开,碧翠丝。"碧翠丝接过钥匙冲出教室,普鲁伊特老师在后面喊道:"记得把钥匙还给我!谢了,碧翠丝。"

默茜在灯光昏暗的操场上找到了玛丽阿姨和弗罗拉阿姨。她俩和桑多的父母坐在一起,桑多家支起一个烤架,正准备烤肉。她坐在毛茸茸的毯子上,靠在玛丽阿姨的膝头。她感到玛丽阿姨时不时把手搭在她的肩上。

桑多的爸爸笑眯眯地递给她一个纸盘,里面盛着一根香肠和一个面包卷,然后他蹲在简易食盒旁边,吃起了土豆饼和拉姆贾咖喱。"哎呀呀,"他尝了一口,赞赏地说,"味道不错嘛。"

默茜也凑过去,想从食盒里拿些吃的。她看到桑多的妈妈用烤饼利落地舀起一勺咖喱,于是也如法炮制。玛丽阿姨卷起纸盘,放在腿上,用刀叉吃了起来。弗罗拉阿姨也坐在那里,把装着椰子甜点的那层食盒放在膝头,用叉子一个接一个送入口中。

晚餐过后,桑多找到三个谁都不愿意吃的绿苹果教默茜玩杂耍。默茜抛出苹果后,急得来回乱转,可怎么也接不住那几个苹果,好像总是差了那么一点儿距离。桑多站在原地,漫不经心地边抛边接,把三个苹果玩得滴溜转。

"放松点,别那么紧张。"他提醒道。但默茜就是学不会这个绝活儿。

第三十五章

钱不见了

周一早上,大家看到格里塞尔校长站在普鲁伊特老师旁边,就知道出大事了。两位老师都板着脸,看起来很严肃的样子。全班鸦雀无声,默茜觉得仿佛每个人都能听见她怦怦的心跳声。

当桑多穿着滑溜溜的鞋子,刺溜一下滑到座位上后,格里塞尔校长关上了门。

"早上好,六年级的同学们。"

"早上好,格里塞尔校长。"全班同学异口同声地答道。

"很遗憾地告诉大家,我们班出现了严重的情况。"格里塞尔校长说,"钱不见了,而且数目很大——准确地说,是五千七百三十兰特——本来就锁在这个柜子里。"她拍了拍柜子的顶部。"周六晚上,家长会结束后,普鲁伊特老师返回教室,准备把募来的钱锁到学校的保险箱里,但是找不到了。那笔钱不翼而飞了。"她环顾全班,打量着每一张脸。默茜几乎不敢与她对视。"有人知道这件事吗?"

全班鸦雀无声。

"好吧,在报警之前,告诉你们我要怎么做。我会私下跟你们每个人都谈谈。普鲁伊特老师准备带你们去图书馆,我知道你们有作业要做,我会一个一个叫你们。我想知道周六晚上你们都去过哪里,和谁坐在一起,和谁一起玩耍,以及参加了哪些活动。我们会一追到底。桑多,既然你坐在最前排,就从你开始吧。"

听到自己的名字后,桑多不再抖腿,而是在课桌上双手合十。

"请大家带上笔记本,跟我一起到图书馆去。"普鲁伊特老师说。

大家默默地走了出去。

来到图书馆后,普鲁伊特老师把默茜叫到一边。两人来到德比小姐狭小的办公室。普鲁伊特老师关上门,在办公桌对面坐下。

"默茜,我绝对不相信是你拿走了钱。不过,当大家离开后,你独自坐在教室里。你能解释一下原因吗?"

默茜不知道怎么解释自己为什么留在教室,其他人根本不懂。她也无法向普鲁伊特老师解释清楚。

"我就是……坐了一会儿,普鲁伊特老师。"

"坐了一会儿?可为什么呢?"

"我不知道。"她低声说。

"你不知道?嗯,我建议你想出一个理由来,因为如果你只是对格里塞尔校长说'我不知道',会让你看起来很可疑。"

两人静静地坐着。

"默茜,我觉得你有事想告诉我。我说得对吗?"

是的,普鲁伊特老师说得没错。默茜可以告诉她很多事情。她本可以告诉她,那天晚上在教室里,不是只有她一人。碧翠丝有可能在打开图书馆的门后,带着钥匙回到教室。

"没有,普鲁伊特老师。"她说。

"好吧,默茜,"普鲁伊特老师叹了口气,"你继续做作业,等格里塞尔校长找你吧。"

默茜走回图书馆,感到每个人都在盯着她。她虽然低头看着地毯,但仿佛听到每个人都在对着她窃窃私语。

来到历史类图书的区域后,她在放着关于甘地那四本书的架子前停了下来。她拿出一本书,看到一个棕色的大信封竖直夹在里面——但一切都太晚了,信封和书一起从书架上滑落,掉到了地毯上。

默茜盯着她脚边的信封。她应该弯腰捡起来,还是假装没看见?

"哎呀,默茜,你掉了什么东西吧?"坐在对面的碧翠丝说。

默茜弯腰捡起信封,感觉沉甸甸的,里面装着五千七百三十兰特现金。几枚五兰特硬币叮叮当当地掉了出来,落在她的鞋子上和地毯上。

第三十六章
动　机

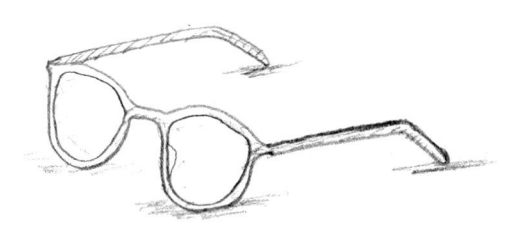

"假如默茜偷了钱,她为什么要把钱藏在图书馆这样的公共场所,然后当着全班同学的面丢到地上?"玛丽阿姨反问,"这太荒唐了。"

"我回答不了这个问题,麦克奈特小姐,"格里塞尔校长心烦意乱地说,仿佛穿着一双不合脚的鞋子,"我们也觉得这事很奇怪。"

玛丽阿姨被叫到格里塞尔校长的办公室,与默茜和普鲁伊特老师会面。默茜看到,玛丽阿姨走进来时还系着那条破围裙。她一定是匆忙赶来的。玛丽阿姨看上去苍老而疲惫。默茜很难过,觉得自己给她增加了负担。她们一起坐在一张硬邦邦的小沙发上,玛丽阿姨把默茜的小手握在她两只干枯的大手中间。

"默茜好像无法解释,当其他同学都在户外野餐时,她为什么留在教室里……"格里塞尔校长看着默茜,而在此期间,默茜始终一言不发。

"有时候人们的动机很难解释,"玛丽阿姨说,"默茜不想为自己辩解,并不意味着她就偷了东西。"

"的确,但如果她能说出一个理由,便于我们理解……"

"有时候人的心理不是一个理由就能说得清的,"玛丽阿姨说,"我相信您和我一样了解法国的哲学家,格里塞尔校长。在这一点上,我想我们都认同布莱士·帕斯卡所言不虚。"

"是的,当然。"格里塞尔校长说。但默茜猜测,玛丽阿姨比校长更了解那些法国哲学家。两个女人面面相觑。

格里塞尔校长率先打破了沉默。"我已经在日志中做了记录,并准备给社工打电话,让她抽时间查看一下默茜的情况。过去是我疏忽了,但我会尽快纠正这种状况。"

"您指的到底是什么状况?"

"默茜不太合群。"

"她在学校表现不好吗?她的成绩差吗?"

"并没有,"普鲁伊特老师说,"默茜的表现非常好。"

"那问题是……?"玛丽阿姨挑起一边的眉毛问道。

"问题是体育和戏剧是学校课程的一部分,而默茜在这些方面不太配合。"格里塞尔校长说。

"格里塞尔校长,您有没有想过,有些对世界做出重大贡献的人其实对团体运动或业余戏剧表演并不感兴趣。您认为莎士比亚会因为被迫参加班级越野赛跑而受益吗?还是爱因斯坦会因为没有在全校戏剧表演中独唱而一贫如洗?"

"是,麦克奈特小姐,您说得没错,但默茜需要机会来发掘自己的潜能,而我们有责任为她提供机会……"

"如果只是提供机会,我倒也不介意,"玛丽阿姨说,"但事实上,她是被迫参加活动并接受评估的,我觉得这一点很成问题。正如爱因斯坦所言:'如果你用爬树的能力来判断一条鱼有多少才干,那它会一辈子觉得自己愚蠢不堪。'默茜就是那条鱼,她知道自己的长处,而那不是表演,也不是运动。"

"默茜这孩子得学会合作,"格里塞尔校长说,"她需要适应这个体制。"

"你们的体制不过是个精心设计的过滤器,用来筛除并惩罚那些能独立思考的孩子。"玛丽阿姨说。

默茜仿佛在观看两位势均力敌的选手进行网球比赛：玛丽阿姨能言善辩，而格里塞尔校长位高权重。

"这个问题我们可以回头再谈。"玛丽阿姨说。"现在重要的是，你们已经找到了丢失的钱款。假如你们拿不出确凿证据，证明是默茜'偷'了钱……"她用手指在空中比了个双引号，"我建议你们不要妄下结论。现在我要带默茜回家了，我想今天上午对她来说已经非常难过了。愿你们上午过得愉快。"

玛丽阿姨一番慷慨陈词，不等格里塞尔校长和普鲁伊特老师做出反应，她一把拉起默茜，走出了办公室。

第三十七章

双重祝福

默茜很感激玛丽阿姨没有质问那天晚上她为什么留在教室，或者是谁在图书馆把钱藏在甘地的书里。她似乎对这些事情不感兴趣。不过，这也许是因为她有更麻烦的事情要处理。

翌日清晨，她无意中听到玛丽阿姨往学校打电话："默茜不太舒服，今天不上学了。谢谢，再见。"说完，她放下了电话。

默茜知道，今天对全家来说是个重要的日子。弗罗拉阿姨要搬进安养院，德韦特先生和他的儿子要来弄走那群犹如大铜球般挂在大叶紫薇树上的蜜蜂。这两件事并非毫无关联。

昨天的那起事件发生后,默茜不敢去上学,但如果奈杜太太真的到学校去,并且发现她不在,接下来会如何?默茜觉得她在学校给自己挖的陷阱愈来愈深。她能爬出这个陷阱吗?

看到弗罗拉阿姨的行李被捆扎好,放进浅蓝色的纸板手提箱,放在门前时,她打定了主意:学校的事情可以再等等看。

默茜帮玛丽阿姨收拾出一套破旧的床上用品:两个疙里疙瘩的羽毛枕头,几条薄床单和两条镶着缎边的蓝色羊毛毯。玛丽阿姨把父母的结婚照拿下来放在手提箱上,准备出发。

"亲爱的,弗罗拉走的时候,别大惊小怪地跟她道别。"玛丽阿姨叮嘱她,"我们可以每天去那里看望她。我们越冷静,她就越信任我们。"

"难道不让她知道发生了什么事吗?"默茜低声说。她暗想,如果被送走的人是她,她宁愿了解实情。

"有时候,关爱他人就是把不好的消息留给自己。"玛丽阿姨说,"我们要为她承担重负,她已经没有这个力气了。"

默茜担心,玛丽阿姨会不会还隐瞒了其他什么不好的消息?玛丽阿姨会不会觉得她——默茜,同样让人不堪重负?

玛丽阿姨和弗罗拉阿姨驱车离开时,默茜并没有在场。她和辛格先生去了隔壁那块空地,把野梨树下没过旧蜂箱的杂草剪掉。那个旧蜂箱正悄悄腐烂,它是由两个叠在一起的箱子做成的,底部是一个大的孵卵箱,盖子下是一个小些的箱子,叫巢板。德韦特先生打算把蜂群从大叶紫薇树上移到孵卵箱里。

辛格先生把箱子倒过来检查了一下。外面的木头已经腐烂,但没有可供蜜蜂进出的孔洞。他用柔软的刷子清理了箱子,默茜到深深的草丛里找来四块砖头。接着,他们把孵卵箱放在新的支架上,然后把巢板安在上面。那天上午,德韦特先生也顺道过来,在里面装上木质框架。等蜜蜂建筑蜂巢时,这些框架可以作为支撑。最后,他们为蜂箱换了新盖。

当听到汽车在车道上倒车时,默茜踮起脚,目送那辆黄色的老爷车在霍德森路转弯处消失。辛格先生脱下太阳帽,双手捧着,仿佛在参加葬礼。也许从某种程度上说,他们的确是在参加葬礼。默茜强忍住眼泪。

很快,德韦特先生从栅栏那边冲他们喊道:"可以开工了,我们最好现在就动手。"

德韦特先生和儿子克莱夫穿着宽大的白色防护服,戴着白色手套,脚蹬白色胶靴,还戴着防护面纱,俨然两名宇航员。辛格先生向默茜解释,蜜蜂更喜欢深色。"假如你穿上黑色衣服,它们可能会把你当作一只蜜獾,然后发起进攻。"他说。

"我能看吗？"默茜问。

"可以,但我想让你待在房子里,把窗户关严,就在窗户后面看。"德韦特先生说,"你最好带上那只母鸡,惹了蜜蜂可就麻烦了。"

默茜拎起柠檬,紧紧拥住它,然后走进卧室,向窗外望去。默茜一边看着,一边用一根手指抚过柠檬光滑的脑袋。辛格先生站在旁边。

"如果你想俘获蜂群,你就要先找到蜂王,默茜。所有蜜蜂都跟着蜂王,它就在它们当中。"

德韦特先生和克莱夫往蜂群下面的一张白纸上放了一个纸箱。他们用剪刀剪断挂着蜂巢的树枝,把沉重的树枝拿到纸箱上。默茜屏住了呼吸。克莱夫抖了一下树枝,铜球般的蜂群掉入纸箱中。两人合上盖子,用床单裹住纸箱。德韦特先生抱着这个白色的包裹,来到篱笆前,递给儿子。他们离开了,身后跟着几只没能掉进纸箱的蜜蜂。

"你知道吗,一只蜜蜂一生只能生产十二分之一茶匙的蜂蜜。"辛格先生说。

"十二分之一茶匙？那不是……约等于无嘛。"默茜觉得这有点儿令人沮丧。茶匙上的一丁点儿蜂蜜，就要它们辛劳一生。

"嗯，一滴滴蜂蜜合在一起，你可以从一个蜂箱中采到数升蜂蜜。对了，你知道如果蜜蜂不劳作，会发生什么吗？"

"没有蜂蜜喝呗。"

"是的，而且还会没有苹果，没有坚果，没有橘子、桃子、鳄梨和西红柿……那么多水果和蔬菜都需要蜜蜂，因为蜜蜂在忙着采集花蜜的同时，也为世间做了另一件伟大的事，那就是授粉。你还记得莎士比亚写的那首诗吗？关于慈悲的？"

"双重祝福那首吗？"

"是的，慈悲不但给受施的人幸福，也同样给施与的人幸福。花儿和蜜蜂也是一样的，既有索取，也有付出，两者互相补足。这既是一种小小的慈悲之举，也是一个奇迹，一个美好的约定。"

默茜陷入了静静的沉思。

"这就是生命小小的循环，默茜，而美好也恰在于此。美好不总是存在于巨大而喧嚣的事物中。"

恰在此时，前门突然传来巨大而喧嚣的声响。

砰！砰！砰！

默茜、柠檬和辛格先生走上前去，发现克雷文先生正汗流浃背地倚在门框上，好像这个地方已经归他所有了一样。

第三十八章
天 窗

"我找麦克玛芬太太,"克雷文先生说,"她在家吗?"

默茜再次注意到他腋下的斑斑汗渍。

"不,"辛格先生说,"麦克玛芬太太不住这里,但麦克奈特小姐稍后回来。我能帮您做些什么?"

"噢,告诉她我来过了。告诉她月底前搬出去就可以了,但我要带上电锯和山猫铲车,先从树开始了。"

"树?"

"我们要砍倒大树,这样月底就可以进来拆房子了。我只是出于礼貌告诉她一声,以免她看到有树倒下,惊慌失措。"

"你有许可吗?在交易完成之前砍树?"

"告诉你,我有一堆事要忙。你只要转告麦克福奈特太太还是麦克福莱特什么的就行了,懂了吗?"

"放心,我会转告她的,可雷人先生。"

"是克雷文,不是可雷人。"

"好的,克雷混先生,我一定会告诉她的。"

克雷文先生只得作罢,愤怒地挥了挥手,转身沿着小路走了。

默茜哭笑不得。

"我想我得让麦克奈特小姐知道这里发生了什么,默茜。我们可能需要找个律师。安养院的电话在哪儿?"

默茜打开书桌抽屉,翻了翻里面的文件,找出那本宣传册,递给辛格先生。

他开始拨号,但一脸困惑。他敲了敲按钮,又晃了晃听筒,但没有拨号音。电话打不出去。

"我去找德韦特先生。也许我们可以用他的手机。"

辛格先生去了好一会儿,默茜不知道自己该做些什么。她想用零零碎碎的毛线给弗罗拉阿姨织一个热水瓶袋,于是坐在沙发上,集中精力做活计。但织到第二行时掉了一针,她把大拇指伸进去,发现那里已经成了一个洞,只能等玛丽阿姨或马林斯太太修补了。她坐在那里,望着院子里各种各样的树:大叶紫薇开出了可爱的粉红色花朵,羊蹄甲树可以为车棚遮阴,还有鸽子喜欢栖息的山核桃树。她不敢去想有人会将它们砍倒,这么大的破坏实在难以想象。

德韦特先生仍然穿着白色防护服,正摘下手套,大步走上小路。辛格先生一路小跑追上了他。

德韦特先生很生气:"辛格先生,我总觉得这事有点邪门儿。这座房子这么多年来一直结结实实的,现在这个家伙一来,什么都乱了套。屋顶漏得像筛子,电说没就没了。怎么会呢,哼,我就是不信!"

"那我们就爬上屋顶看看,到底是怎么回事!"辛格先生说。

"对呀,前几天我来查看电路的时候应该上去看看,但当时时间来不及了。默茜,天窗在哪儿?"

"天窗?"

"在屋顶天花板上,一般会有个开口。"

默茜跑向过道,指着一扇像是天窗的地方。她在这里住了六年,从未见到有谁开过这扇窗。她竟然不知道这里有个天窗,这一点连她自己都感到惊讶。接着,她帮着辛格先生把沉重的木梯抬过前门。星期天清理过檐沟后,它仍然靠在房子一侧。

两人仰头望着天窗,默茜望着他们。德韦特先生先爬了上去,默茜只能看见他长长的白腿,接着一阵咳咳咳之后,他不见了。随后,辛格先生也爬了上去,蚊子腿一样的两条细腿垂在外面,不一会儿也消失了。默茜站在过道上,抬头望着黑乎乎的天窗口,听到他们扑通扑通地走来走去,声音闷闷的,听不大清楚。

"辛格先生,看看这个!"德韦特先生喊道,"该死!"她听到砰的一声。他一定是把手电筒弄掉了。

随后,德韦特先生的那张大脸出现在天窗口。

"默茜,去叫克莱夫过来,带上手机,我们得拍些照片。"

默茜跑过马路。克莱夫正在卡车后脱防护服。两人带着手机返回屋内,克莱夫三下两下就爬上了梯子。

下面又只剩下默茜。她抬起头,小心翼翼地爬上梯子,踮起脚,想看看是什么让他们这么激动。阁楼又热又暗,除了远处摇曳的手电筒光线,她只能依稀辨认出入口附近的几个纸箱。几个男人开始往回返,于是默茜连忙爬下梯子。

"明显有被破坏的痕迹,"德韦特先生说,"那个鬼鬼祟祟的家伙揭掉了屋顶的瓦片,还把它们摞了起来。他以为我们是傻帽儿,根本不会注意到。另外,我发现他把电线也割断了,切口整整齐齐。"他垫着手帕拎起一把钳子:"但他还把这东西给忘了。这下完蛋了吧!"

"可他是怎么上来的?破门而入吗?"默茜真不愿意去想,满身大汗的克雷文先生从走道溜进来,再从她的卧室外面爬上天窗。

"不会,他会从屋顶进去。"德韦特先生喘着粗气说。

"你要给玛丽阿姨打电话吗?"

"我已经在德韦特先生家给安养院打过电话,"辛格先生说,"接电话的人说她正和女舍监见面,所以不方便接电话。"

"好吧,辛格先生,你和我一起做证。克莱夫还有自己的事要忙。我们拍下这些照片,找一位律师来。我们得制止这种恶行。"

"你没事吧,默茜?"辛格先生问,"我想玛丽阿姨很快就会回家。"

默茜点了点头,不过心里还是有些发毛。如果克雷文先生带着电锯过来开始锯树,她该怎么办?她要怎样才能拦住他?

第三十九章

强　拆

　　默茜在屋子里踱步，打量着所有房间。到处都又破又旧，还褪了色，但非常安全。她知道，没有了这些光秃秃的墙壁和地板、皱巴巴的窗帘和摇摇晃晃的床铺，这世界将一片凄凉。这里虽然破败，但没有了这种保护，她可能无法生存下去。

　　她下定了决心，假如克雷文先生胆敢带着电锯和铲车过来，她要亲自会会他。于是，她从床头柜里拿出装着小鸟的鞋盒，将一把低矮的帆布躺椅拖到墙边，朝大路上望去。在黄昏的微光中，她看见矮墙上还晾着那些茶袋。

公爵在栅栏后面叫了起来。一群噪鹛落在德韦特先生的草坪上,用喙在坚硬的土上啄来啄去,然后一边扇动灰色的巨翅飞起,一边朝下方安静的住宅发出尖厉的啼鸣。柠檬刨着枯叶,给自己洗了个灰尘浴。远处的汽车来来往往。什么事也没有发生。

过了一会儿,默茜打开盒子,拿出玛丽阿姨送给她的那只最小的铜鸟。她用旧的干茶袋为它建了一座小房子,并且留了一扇宽敞的大门,以便它在紧急情况下逃生。两个硕大的陶瓷鸟头在入口两侧站岗。她把柠檬落下的几根白羽放在地上,为这只黄铜小鸟铺了一张柔软的床,又把金属钥匙环挂在一面墙上,作为壁挂装饰。其他的鸟儿躲在茶袋后面,只要有人发起突袭,它们就会毫不客气地还击。默茜拿着它们四处移动,它们当中有的鸟儿受到了惊吓,成双成对地躲了起来,但有只勇敢的木鸟正站在茶袋上瞭望,一旦发现敌情,它会随时发出警报。至于遭遇袭击它们该如何应对,这些鸟儿各执己见。

"飞走吧。"几只玻璃鸟说。

"跟他们打!"几只木鸟说。

"坐等被俘吧,"串珠鸟说,"这样一来,克雷文先生就会对他的所作所为感到懊丧。"

一辆载有山猫铲车的平板卡车仿佛从天而降,停在了人行道上。克雷文先生坐在里面,另一个身穿湖蓝工作服的男子砰地关上副驾驶门。默茜看着平板缓缓倾斜,铲车被卸到了路上。穿着工作服的男子跳上铲车,驶入车道。他开着那辆笨重的铲车向左转弯,对准了羊蹄甲树,然后挂倒挡,又向前开了几步。如果他再前进半米,大树就会被推倒。

默茜不假思索地跑了过去,在羊蹄甲树和铲车的铲斗之间站定。

"嘿!滚开!"克雷文先生在人行道上喊道。他戴着巨大的皮手套,挥舞着一把大号电锯,沿着车道走了过来。"要是那棵树倒下来,你会受伤的,小妞儿,别说我没警告你。"

默茜站在那里,双臂交叉抱在胸前,以防心脏从胸腔里跳出来。

"告诉你,快滚开!"克雷文先生说,"杜米萨尼,把那个孩子赶走。"

杜米萨尼叹了口气,爬下了铲车。克雷文先生启动电锯,一声咆哮划破了天空。柠檬咯咯叫着,疯了一般飞到羊蹄甲树上。

"不!"在一片喧嚣中,当那个高个儿男人朝默茜走来时,她大声喊道,"我有权……"杜米萨尼停下脚步,侧过脸,好像想听清她在说什么。他挥舞右臂,让克雷文先生别出声。克雷文先生关上电锯。四周顿时一片死寂,令人不寒而栗。

"你说什么?"杜米萨尼问。

"我有权……"

"有权干什么?"

默茜惊慌失措。"我有权……要求暂缓执行该命令。"她小声说道。

克雷文先生和杜米萨尼困惑地面面相觑。

"根据2010年颁布的《儿童法》。"默茜补充道。

"我们没时间跟你啰唆,"克雷文先生说,"快给我滚开!"

但默茜突然恢复了记忆。"所有儿童均有权拥有一个安全、稳定的家庭,并有权得到抚育,成为家庭的一员。"她再次说道。

"是吗?"克雷文先生说,"哼,谁爱听你讲给谁听去。杜米萨尼,把这个孩子,迷茜、泥茜,还是霉茜来着,给我锁进卡车驾驶室里,等我们干完再放出来!"他把卡车钥匙扔给杜米萨尼,再次启动电锯。

当杜米萨尼向她扑来时,默茜躲到了树后,但他抓住她的手腕猛地一拉,用结实的臂膀把她扛到肩上,走下车道来到卡车旁,好像她只是一小袋土豆。默茜狠狠踢了他一脚,捶打着他的胸口大声喊叫,但电锯的轰鸣淹没了她的抗议。

当杜米萨尼想要打开驾驶室门时,她使出全身力气扭打,但是被牢牢摁住了双腿。他打开门,把她扔了进去,砰的一声关上门,按下钥匙上的某个按钮。默茜只听到可怕的一声响,门被锁上了。

她按动按钮,想打开窗户,但无济于事,门也打不开。是不是有个按钮可以一键开锁?默茜看不到。在玛丽阿姨的车里,车窗是用小小的手柄摇开的,车门是用实际的把手打开的,但在这辆卡车上,所有东西都是电子的。默茜被困住了,只能眼睁睁地看着克雷文先生举起电锯,像刀切面条儿一样轻而易举地锯断羊蹄甲树的树枝。柠檬在哪里?默茜知道它一定会被这里的动静吓坏,但愿它能找到安全的地方躲起来。

随后,她看到了汽车喇叭,于是用尽全力按下方向盘上那个小小的喇叭标志。嘟!嘟!嘟!

在玛丽阿姨、德韦特先生和辛格先生回家前,她无计可施,只能制造一些噪声。默茜不知道他们什么时候才能回来。

事实上,喇叭声没有叫来玛丽阿姨、辛格先生和德韦特先生,而是召唤来了瓦库医生。默茜只顾用力按着喇叭,看着羊蹄甲树被截断的树枝,没有注意到瓦库医生来到了卡车车窗前,他正手搭凉

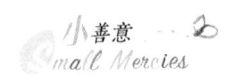

棚向黑乎乎的驾驶室里张望。

她吓了一跳,随后指着克雷文先生和杜米萨尼。他们已经从树旁退了下来,想看看怎样才能更快锯断遍体鳞伤的树干。瓦库医生立即明白了眼前的状况。他大步走到那两个人面前。只见他们几个又是指指点点,又是挥舞胳膊。克雷文先生虽然挥着电锯,但很明显瓦库医生掌控了局势。又经过一番吵闹和指指点点后,克雷文先生把卡车钥匙扔给了瓦库医生。瓦库医生按下一个按钮,默茜听到门锁开了。

她摇摇晃晃、紧张不安地爬了出来。瓦库医生义正词严地斥责那两个男人。

"你们竟然这样对待一个小女孩!喂,说你呢!Vous avez le cerveau d'un sandwich au fromage!"默茜后来才知道,这句法语的意思是"你们脑子坏掉了吗"!他要求克雷文先生拿出书面证明,证明他有权砍伐花园里的树。"我要看正式文件。"瓦库医生说。但克雷文先生拿不出任何文件。

"没有许可证?那你们必须离开!"瓦库医生说。他伸出大手,拍了拍两人的后背,不容分说地把他们赶回到卡车上。

"我明天会带着文件回来的!"克雷文先生驱车离开时,隔着窗户大声喊道,"到时候我能砍的可不仅仅是树了。"他在死胡同的尽头掉了个头,再次经过房前。他把手伸出窗外,朝瓦库医生的方向做了个劈掌的手势。"你最好也带上你的证件。你们这些该死的外国人,到处制造麻烦。只要我愿意,我会让你生不如死。"

"哼!"瓦库医生嗤之以鼻,满不在乎地挥了挥大手。

第四十章

被逼到了墙角

那天晚上,厨房里挤满了人。默茜坐在沥水板上,把烛泪滴到碟子上,再将蜡烛粘在上面。玛丽阿姨在油灯里装满了石蜡。辛格先生把咖喱角分给大家。德韦特先生拿出一瓶两升的可乐,倒进几个茶杯里。瓦库医生穿着睡袍站在门口,俨然一名高大的海军卫士。

"再给我们讲一遍吧。"听说默茜冲上前去保护羊蹄甲树,玛丽阿姨十分高兴。

"我也没帮上太大忙,"默茜说,"我被关进卡车,克雷文先生还是把树枝锯断了。"

"才不是呢,"玛丽阿姨说,"你已经尽力了。幸亏你按下喇叭,那棵树才没有倒下。真要感谢你和瓦库医生呢。"

"换作法语,我们会说 Je m'en fouts①。"瓦库医生说。"英语里不是也说,如果你被逼到了……"他拍了拍墙说道,"就别用腚对着鼠辈。"

"可不是嘛,"玛丽阿姨说,"Je m'en fouts,我想你要说的那个词是'屁股',瓦库医生。'当你被逼到了墙角,就别用屁股对着鼠辈。'这就是叫你勇敢面对,勇敢也是我所钦佩的品质。"

默茜吃了一惊。她以前从未听到玛丽阿姨说过"屁股"这个词。对她来说,正确的说法应该是"臀部"。

"很遗憾,默茜,辛格先生和我没能像你一样取得成功。"德韦特先生说。

辛格先生和德韦特先生赶到镇上,找了一位律师商谈。因为他们在屋顶发现了证据,所以想申请一道禁令,阻止房子售出,但律师只会跟该房屋的法定所有人,也就是玛丽阿姨接洽,于是两人驱车前往安养院。但是当他们找到玛丽阿姨,开到艾伯特·卢图利酋

---

①法语,意思是"我才不在乎"。

长路时遭遇交通堵塞,所以迟到了一步,律师事务所已经关门。

"我明天一早就去找律师。"玛丽阿姨说,"德韦特先生,您最好能带上手机和照片跟我一起……我完全弄不懂这些新潮设备,所以需要您帮助。在我们拿到禁令之前,默茜,你和辛格先生最好留在这里,以防克雷文造成更大破坏。瓦库医生,能不能请您也助我们一臂之力?"

"当然,责无旁贷。"瓦库医生说。

"不,"默茜突然想起了克雷文先生的威胁,"克雷文先生说他明天也会查看你的证件。玛丽阿姨,瓦库医生可能会遇到麻烦。"

"说得很对,默茜。瓦库医生,那就请您帮忙,离我们远点。假如克雷文先生报警,我们都被带走了,不能让您也卷入其中。他们说不定会把您遣送回塞内加尔。"

"不,"瓦库医生说,"我会留在这里。"

"不行,您非听我的不可。"玛丽阿姨不留任何余地地说道。默茜清楚,玛丽阿姨认定的事情谁都阻挡不了,就连像大山般魁梧的瓦库医生似乎也知道自己只能让步。

"那我就召唤先祖,请他们保佑。"瓦库医生说,"你们要是去 avocat 那里商谈,我也会这样做的。"

"你们为什么要去阿姑家?"默茜悄声问玛丽阿姨。

"我们不是去阿姑家,"玛丽阿姨莞尔一笑,"而是去找 avocat,avocat 在法语里指律师。"

瓦库医生把头往后一仰,不禁大笑起来。"阿姑家,avocat,听起来差不多嘛。"

"我和默茜会坚守岗位,阻止敌人来犯。"辛格先生说着,朝厨房的天花板摆了摆瘦削的手臂。

默茜清楚,对杜米萨尼来说,把辛格先生扛走与把她扛走一样轻而易举。她完全想象得出,他可以同时把他们两人扛在肩上。说真的,面对克雷文先生,他们的抵抗力十分有限。他可是有一把电锯和一台铲车的啊!她没用屁股对着鼠辈,而是奋起反抗,这一招上次虽然奏效,但默茜感到,明天克雷文先生肯定会做好准备,应对他们的抵抗。

"克雷文先生的铲车还在这儿呢。"默茜说。

"哈!他的铲车的确还在这里,但明天早上不一定能派得上用场。"德韦特先生狡黠地笑道,"辛格先生?瓦库医生?"两人都点点头。"麦克奈特小姐,请借我一把螺丝刀,还有那个石蜡灯笼。"

"没问题,德韦特先生。Je m'en fouts,我也一样。我这就给您拿工具箱去。"

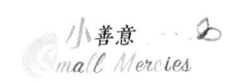

瓦库医生举起石蜡灯笼,而德韦特先生想要卸下后面板,以便对引擎内部动些手脚。"该死,"他一边用力一边说,"很可能要用特殊的工具才能打开这个家伙。"

辛格先生钻进驾驶室,环顾四周。他轻轻拨动头顶右侧的开关,驾驶室里亮起了一盏灯。"我们就简单些好了,"他说,"这盏灯要是亮上一夜,当然纯粹是意外了,肯定会耗尽电量。"

"辛格先生,你简直是个天才。"德韦特先生说,"这会给我们赢得一些时间,他肯定要用跨接电缆鼓捣半天,才能再次启动车子。"

驾驶室里的光线在铲车周围投下深暗的阴影。当瓦库医生一摇一晃地拎着灯笼准备回屋时,默茜看到了在与邻家相隔的铁丝网上有个白色的东西在反光。她用不着去想,就知道那是什么。她一边大喊着"柠檬",一边向栅栏边奔去。

柠檬毫无生气地挂在那里,头卡在铁丝网中。

玛丽阿姨轻轻地松开了它被卡住的脑袋,把毛茸茸、软塌塌的柠檬递给默茜。默茜看到柠檬的嘴角淌出一道细细的鲜血。

"唉,可怜的家伙,"玛丽阿姨说,"它肯定是被电锯声吓坏了,所以才扑到栅栏上,不知怎的卡死在那里。"

默茜轻轻抚着它的头,摩挲着它柔软的羽毛。今天早上它还活着,现在怎么就死掉了?

"哦,亲爱的,别难过。"

"唉,可怜的母鸡。"瓦库医生说着,用胳膊搂住了默茜的肩膀。

默茜抱着柠檬,泪水无声地滑落。

第四十一章

一再失去

　　默茜一定是在玛丽阿姨的床上睡着了,因为早上醒来后,她立即觉得有些异样,因为床垫离地很高。阳光穿过玛丽阿姨卧室褪了色的红布帘,变成了淡粉色。另外,她放在枕头上的手沾满了泥土,指甲缝里都是黑泥。这时她才想起,前一天晚上,玛丽阿姨举着石蜡灯笼,德韦特先生在无花果树下挖了一个坑,埋葬了柠檬,辛格先生还做了祈祷。

　　她把脸转向墙壁,隐约听到白铁壶在煤油炉上咕嘟咕嘟响,玛丽阿姨趿拉着拖鞋在厨房里走来走去。这种感觉十分熟悉,让她回想起母亲刚去世的那段时间。当一切都喧嚣躁动时,她反而觉得异常安静平和。

她记得那位喜欢责骂同学的老师单膝跪地,把默茜的双手握在自己手中,凝视着她的面庞,告诉她母亲过去了。默茜根本不懂,母亲过去了,那她为什么不转身走回来?老师突然变得温柔可亲,这反倒让她感到有些恐惧。后来,默茜无意中听到凯瑟琳姨妈说,她应该去看看母亲。她吓坏了。

每当谈到这个话题,谈到莱斯山墓园里的坟头时,默茜就会抽泣不已。她想象着母亲孤独地安睡在坟墓里。几年以后,她才鼓起勇气去这座简陋的坟墓前祭拜母亲。她紧紧抓住玛丽阿姨的手,看到花岗岩墓碑上写着:深切悼念罗斯·亚当斯。备受钟爱的女儿、姐姐、母亲。

"默茜,亲爱的,你醒了吗?"玛丽阿姨把头探进来问。默茜伸出一只手,表示自己醒着。玛丽阿姨坐到床边,抚摸着她的背。"我烧了些水,你可以洗个澡。咱们干干净净地开始新的一天吧。"

温暖的洗澡水和玛丽阿姨的抚摸让她潸然泪下。有时候,善意就是会引出一个人的泪水。玛丽阿姨坐在她身边,用那双大手摩挲着默茜的肩膀。多年前,玛丽阿姨曾告诉她,当一个人死了,你不是一下子失去了什么东西,而是会在随后的许多年里,以各种意想不到的方式一再失去。

玛丽阿姨坐在她身边,抚摸着她的背,仿佛在为她抚平伤疤。默茜不再哭泣,而是站起身,开始用温水沐浴。早餐她吃了一片酵母酱面包。这一天她必须勇敢面对。

吃过早饭后,德韦特先生和玛丽阿姨去见律师。德韦特先生看起来和平时不太一样。他把卡其色短衣裤换成了一套灰色紧身西装,上面只系着一粒纽扣。默茜注意到,他今天梳了个偏分,梳子分出的发缝清晰可见。

"特殊场合,所以我收拾了一下。"德韦特先生说着,又调整了一下颈间的大号格子领带。

"说得很对,"玛丽姨妈说,"正如马克·吐温所言:'人靠衣装,不穿衣服就无法对社会产生影响。'"她摘下眼镜,对着镜片哈了口气,然后用塞在提包里的手帕把镜片擦拭干净。"德韦特先生,今天我们需要的就是影响。"

默茜和辛格先生目送他们开着那辆旧车离去。两人站在门廊下,打量着院子。院子里到处都是羊蹄甲树被砍下的树枝,看起来一片狼藉,好像一个人头上缠满了绷带。

"好吧,"辛格先生说,"只剩下我们俩了,默茜。"他揉了揉双手,伸了伸双膝,仿佛在为即将到来的战斗做准备。"你昨天勇气可嘉,已经有了些经验。"

默茜没有告诉任何人前一天的实情。她从图书馆里的书中得知,真正的萨蒂亚格拉哈,或者说"非暴力不合作",意味着不进行反击。也就是说,当你被带走时,你不应对别人拳打脚踢。她不确定自己能否像甘地那样,平静而礼貌地接受自己的遭遇。今天辛格先生会在旁边看着她。此前一天,当反抗克雷文先生时,她根本没有想起萨蒂亚格拉哈。她的所作所为只不过是本能反应。

今天她感到非常累。伤心哭泣让她精疲力竭,她知道自己没有力气再与克雷文先生僵持下去。更何况这样做有什么用呢?他们也许能挽救这所房子,并迫使克雷文先生撤回交易,但她要面对的问题依然存在:弗罗拉阿姨仍病体沉重,住在安养院里;她和玛丽阿姨仍一贫如洗;柠檬不会复生。救下这所房子并不能解决多少问题。

"克雷文先生这次可能会把我们俩都带走,锁在卡车里。"她说,"那我们该怎么办呢?"

"没错,"辛格先生说,"他可能会故技重施。"他开心地笑着,跳上门廊的矮墙,好看清路上的情况。"问题是,默茜,我们永远不知道接下来会发生什么,所以只有做好眼前的事情。如果我们能做到这一点,世界就会有所改变,哪怕只是一丁点儿。"

"就像茶匙上的一丁点儿蜂蜜?"

"没错!你很聪明,善于发现事物之间的联系,默茜。"他用两根食指比了个引号,"就像茶匙上的一丁点儿蜂蜜。"

但默茜不太认同。要想改变现在的情况,需要的是一个巨大的奇迹,而不是茶匙上的一丁点儿蜂蜜。

"因为有了茶匙上的一丁点儿蜂蜜,我们还要继续努力,"辛格先生说,"为下一个一丁点儿去努力。如果我们持之以恒,当你抬起头时,你就会发现……哎呀!我们来到了一个出人意料的全新境地。"

默茜希望这个出人意料的地方不是监狱的牢房,也不是少管所的宿舍。她叹了口气,瞥了一眼路上的情况,希望一切都到此为止。

"当晚甘地坐在黑暗的候车室里,你以为他已经制订了宏伟的计划吗?你以为他坐在那里,就开始考虑发起纳塔尔印度人大会,和英国国王一起喝茶,让印度摆脱英国统治吗?他毫无头绪。他只是做好了眼前的事情。"

"什么事情?"

"他需要去比勒陀利亚打官司,所以第二天早上他又买了一张头等车厢的票,登上了另一列火车。"

"然后呢?"

"嗯,车站站长不想把头等车厢的票卖给他,但甘地态度坚决,并坚持到底,终于拿到了车票。接着,他被公共马车车夫扇了一耳光,因为他拒绝坐在车夫要他坐的地方。到了比勒陀利亚以后,他还要面临许许多多其他挑战。"辛格先生用手比画着,表示他的面前困难重重,"所以你看,通向成功的道路从来都不是笔直的,对我们来说也是如此。"

这一切听起来都令人沮丧。

"那我们将要面对什么人呢?克雷文先生会带着文件过来吗?"

一辆汽车停在人行道上,但车里不是克雷文先生。自从弗罗拉姨妈用臭鸡蛋做了午餐后,默茜已经很久没有见到她的好友马林斯太太了。现在,她正拿着一盒饼干和一个手提包,动作笨拙地下车。

"德韦特先生打电话过来,给我讲了你们的不幸遭遇,"她在街上大声说,"我是来给你们打气的。"

"欢迎欢迎,"辛格先生说,"我们很高兴见到您。"

默茜连忙跑下台阶去帮忙。她接过饼干盒,开心地发现里面沉甸甸的。马林斯太太一边气喘吁吁地走上台阶,一边抱怨自己背疼。

"我做了岩皮饼,"她说,"假如不成功,我们就把它们扔向那些不速之客。"

默茜把盒子拿到厨房,从水龙头里接了一杯水。透过厨房的窗户,她可以看到番石榴树下柠檬那光秃秃的坟墓。

厨房的桌子上放着装有小鸟的鞋盒。昨晚一定有人把鸟从门廊的矮墙上拿下来了,因为克雷文先生抵达时,她一直在摆弄那些鸟。她打开盖子。应该把哪只鸟放到柠檬的坟上?那两个大陶瓷鸟头——玛丽阿姨父亲烟草罐的盖子——看起来最结实,放到户外也最有可能不会坏掉。

默茜把两个鸟头并排放在坟上,为柠檬站岗。随后,她在餐具室里找到一个空果酱瓶,于是摘了些海棠和三角梅放在里面。辛格先生做祷告时,会把一小份食物放在一个小碟子里作为供奉,于是她找来一些面包屑和玉米泥,把它们一起放在一片茶匙形状的树叶里。

她进进出出,一会儿采花,一会儿找零食,用于装饰柠檬的坟墓。这些事情总算让她的心感到平静了一些。

她站在走廊里,听着辛格先生和马林斯太太谈起,树很可能被砍倒,以及到时候他们应该怎么办。

"我们能不能把自己绑到树上?"马林斯太太问。

"那我们就要一根很长的铁链和一把结实的挂锁,"辛格先生说,"而这两种东西我们都没有。再说长时间被铁链绑在树上肯定不舒服,更何况你还有背疼的毛病。"

默茜望着他们在晨曦中的身影。克雷文先生一定会想方设法对付他们三个人。随后,一旦山猫铲车开动,他就可以恣意摧毁他想要摧毁的东西。虽然拯救这所房子并不能解决一切问题,但默茜知道,假如克雷文先生真的把这里夷为平地,她就只能搬到莱斯山的车库里去。一旦社工听说了此事……她简直不敢再往下想。如果真想保住树和房子,他们三个人的抵抗远远不够。她该怎么办?

她想起了辛格先生讲过的甘地和萨蒂亚格拉哈。对有权有势者,消极投降肯定行不通,如果只是彬彬有礼地袖手旁观,克雷文先生之流绝不会因为羞愧而大发善心。一定要想出别的办法!只凭他们三个不足以阻止克雷文先生。她记得辛格先生的话:萨蒂亚格拉哈的意思是有礼貌地坚持真理。难道坚持真理就能挽救目前的局面吗?默茜觉得答案仿佛就在眼前,但又似乎过于模糊,她看不明白……

但答案随即悄然浮现。

"我去去就回,"她对辛格先生和马林斯太太说,"我要去趟学校。"

第四十二章

敞开心扉

来到学校后,默茜仍然不知道该如何实现自己的想法。她险些掉头回去。但她很快就明白了:她要做的就是眼前的事情,而这件事就是去找普鲁伊特老师。

在教职工办公室外的走廊里,普鲁伊特老师正准备去拿班里的花名册。默茜走上前去。

"普鲁伊特老师,"她的心怦怦直跳,"我可以和您说句话吗?"

普鲁伊特老师把默茜带进了一间办公室,办公室里空无一人。"在出了丢钱的那档子事以后,我一直很担心你。"她说,"你还好吗?"

默茜的内心已经发生了变化。过去,她总是低头看着地板,对老师说"我很好"、"我没事"或者"我不知道",而现在她知道自己必须做出改变。

"不太好,"她小声说道,"我不太好。"

"我需要向你道歉,"普鲁伊特老师说,"我一直在回想那天晚上教室里的事。现在我想起来了,教室里不是只有你,碧翠丝一定是回去还钥匙了。我完全忘了这码事。你觉得碧翠丝会不会把钱拿走,然后藏在甘地的书里,显得这事像是你干的一样?"

默茜不想和普鲁伊特老师讨论是谁拿走了钱。今天她顾不上。她微微耸了耸肩。

"好吧,"普鲁伊特老师叹了口气说,"我觉得你和同学之间一定发生了些事情,而我又疏忽了。对此我很抱歉。"

默茜从未觉得她与同学之间的复杂关系是普鲁伊特老师造成的。

"如果你不是想谈丢钱的那件事,那一定还有别的事情。是出了什么事吗?"普鲁伊特老师问。

"有一个叫克雷文的人……"默茜开了个头,但不确定接下来该怎么说,为什么她觉得说出真相会这样复杂?普鲁伊特老师点点头,示意她继续说下去。

默茜决定从眼下的情况开始往前追溯。她感到口干舌燥,不舒服的时候就会咽几下口水。她看着地板,接着说起来:"他今天要带着电锯过来砍伐我家花园里的树。我们想阻止他,但家里只有我、辛格先生和马林斯太太,而马林斯太太又背疼。我想克雷文先生会把我们都拉走,锁进他的卡车里。"

普鲁伊特老师眉头紧锁,双臂交叉,向前倾了倾身体,努力想要理解默茜的话。

"你是说有个叫克雷文的人要把你锁进卡车里,因为你想阻止他砍伐你家花园里的树?"

默茜点点头:"昨天他已经锁过一次了。"

"知道了。那……你的养母在哪里,就是那两位麦克奈特小姐?"

"昨天弗罗拉阿姨搬进了安养院,因为她……她患有阿尔茨海默病,我们照顾不了她了,所以玛丽阿姨才把房子卖给克雷文先生。但今天玛丽阿姨去找律师,想要拿到禁令,终止房屋交易。"

"禁令?为什么?"普鲁伊特老师越来越诧异,或许是因为她从来没有听默茜讲过这么多话,或许是因为她惊讶于默茜竟然懂得这样的正式辞令。

"因为我们的邻居德韦特先生昨天发现,克雷文先生破坏了我们的屋顶和电线,迫使玛丽阿姨卖掉房子。德韦特先生拍下了克雷文先生搞破坏的证据。但如果他们不能阻止房屋交易,我就只能和辛格先生一起搬到莱斯山上的车库里住了,直到……玛丽阿姨把一切安排妥当,或者直到社工发现实情后把我送到别人家里,甚至送去儿童之家。"

普鲁伊特老师摇了摇头,但默茜没有停下。这些事情一旦说出来,就像在管子里堵了太久的水流突然找到了出口。它翻腾着,激荡着,最后源源不断地奔涌而出。她告诉普鲁伊特老师自己有多害怕这位社工,有多害怕被安置到另一个家庭。她告诉老师弗罗拉阿姨身患重病,而她们却一贫如洗,不得不把后院的小屋租给辛格先生,用租金补贴家用,接着弗罗拉阿姨被送走,柠檬又惨死在家中。

普鲁伊特老师说:"天哪,竟然发生了这么多事!我会和格里塞尔校长谈谈,如果社工到校造访,我们该怎么说,默茜。不过据我所知,她还没有来过。我们会尽一切努力,不让社会福利部门的人把你带走,不让你离开关心你的两位阿姨。"她停顿了片刻,说道:"我注意到在家长会那天,你的一位阿姨看起来情况……呃……不太好。那就是弗罗拉阿姨吗?"

"是的。"

"还有……抱歉我得问一下,这就是那天晚上你留在教室,不想和大家在一起的原因吗?"

这是默茜最害怕的时刻,因为她必须说出真相。她感到自己满眼都是泪水。她点点头,一颗巨大的泪珠从脸颊滑落。她用手背把眼泪擦掉。

"你是觉得自己和其他人不一样吗?"

她看着地板,又点了点头。一颗巨大的泪珠啪嗒一声跌落在她膝头。

"是的,"她泪涔涔地说,"而且我们的野餐食物装在一个简易食盒里。"

普鲁伊特老师看起来很困惑。

"其他人带的都是保温袋,装着从沃尔沃斯买来的沙拉和烤肉。"默茜知道自己这话听起来很愚蠢,于是流着鼻涕微微一笑。普鲁伊特老师递给她一张纸巾,也对她笑了笑。

"我明白,"她说,"没有人喜欢这种感觉。但你知道这说明什么吗,默茜?"

默茜摇了摇头。

"这说明你在敞开心扉。你知道,人们常说'讲真话就好',仿佛这事再简单不过,可真相很少会那么简单明了。不过,当你把它说出来时,尽管它纷乱复杂,甚至令人尴尬,但真的会发生奇迹,你会在内心感觉到,自己做得很对。"说着,普鲁伊特老师拍了两下胸口以示强调,"讲真话需要勇气,这种勇气值得表扬。告诉我,今天怎样才能帮到你?"

于是,默茜告诉了她自己的主意。

"天哪,"普鲁伊特老师瞪大眼睛说,"我不知道这样做可不可以。我想知道……"她揉了揉下巴,抬起头来,好像在认真思考什么。

突然她笑了。"我想到了一个办法。但首先我要跟你讲几句话。"说到这里,她停住了。

"事实上,我要说的话再简单不过,"她笑道,"那就是,我是一个糟糕的老师。"

"您并不糟糕。"

"也许'糟糕'这个词有些夸张,可我似乎找不到当好一个老师的诀窍。我努力了,但……"她举起双手,"因此昨天我递交了辞职报告。我将在期末离校,去做我一直想做的事情,在维多利亚路开一家古董店,卖卖古玩和古董家具。面对一个乡村风格的梳妆台,或者一把高背椅,我游刃有余,对维多利亚时期的陶器我也十分在行,但我似乎不太适合跟孩子们打交道。"她叹了口气。

"对不起,普鲁伊特老师。"默茜说道。不知怎的,她觉得自己也有责任。她从来没有想到,大人也有不愿去做的事,或者不太擅长的事。

"不,你不用觉得对不起我。是我让你失望了,默茜,也许还有班上其他几名同学,比如可怜的珍妮丝。但是……"普鲁伊特老师双手合十,紧握在胸前。"一切为时未晚,"她笑吟吟地对默茜说,"我一定要在离开之前,做好最后一件有价值的事情。在教学上我收获不大,但或许一样能以胜利告终。事实上,也许,只是也许……"普鲁伊特老师猛地从桌子后面站起身。她在文件筐里翻找,拿出一份厚厚的活页文件。她啪的一声把文件拍在桌子上,俯身打开后用唾沫沾湿手指,迅速翻动页面。

"生活技能……生活技能,"她喃喃自语道,"啊,找到了。在教学过程中,要不断提升学生的道德水准和诚实负责的公民意识。这句话我们可能派得上用场。此外,还要设法消除歧视,促使学生互相尊重和平等相待。这就是说,如果有人质问,我就告诉他们,我这是在设法'消除歧视',以及'促使学生互相尊重'。我早就想把这份文件拿给有些人看看了,现在该是我出手的时候了。我想我能做得到,默茜。要是我被解雇了,我可能会比预期的早些去开古董店。反正又不是世界末日!"

"那万一他们都不愿……"

"我会告诉他们,这是公民责任课程的一部分,如果他们还不愿意,我会先私下找碧翠丝谈谈。我想我掌握的信息完全可以说服她。只要她来了,其他人就会紧随其后。"

"没错,"默茜说,"如果你挪走蜂王,所有蜜蜂都会紧随其后。"

普鲁伊特老师不无敬意地看着默茜。"默茜·亚当斯,我想你比你以为的要聪明得多。"她说。

第四十三章

特别行动

于是,默茜骑上自行车准备回家,一路颠簸着穿过草地和人行道,后面跟着普鲁伊特老师,她开着校车,里面坐满了默茜的同学。普鲁伊特老师表示,大家可以自愿参加这次"公民责任"行动,不过正如她后来所说,有些人需要多多说服才愿意来做志愿者。桑多不需要任何人劝说,当校车停在屋外的人行道上时,他一个箭步跳了下来,挥舞着一个旧标语牌,上面写着:"我有权对暴力说不!"

"我要为树代言!"他向街上的行人大声宣布,并且敬了个礼。

"桑多,"普鲁伊特老师说,"别忘了我说的话:不要使用暴力。"

"不要使用暴力？"JJ说，"可我们不就是来干架的吗？"

"不，我们不是，JJ。我们要做的是守纪律、有自尊和保持克制。纪律、自尊、克制。纪律、自尊、克制。"她反复说道，好像这是一句朗朗上口的游行口号，但没有人跟着她念。

"这听起来不是很有意思。"尤兰达一不留神说出了心里话。

"不会的，"普鲁伊特老师说，"我向你保证。有了你们大家，我完全可以保证。"

默茜把自行车向车棚推去时，普鲁伊特老师组织大家集合。看到克雷文先生还没有到，她松了口气。马林斯太太坐在羊蹄甲树下的帆布躺椅上。她身边放着一个纸箱，纸箱上有一杯茶和一个盘子，盘子里装着三个岩皮饼。

"你带来了后援哪，"马林斯太太说着，向普鲁伊特老师挥挥手，"太好了！我负责看护这棵羊蹄甲树。我会紧抱着不撒手，看他们能不能把我抬走。我可是比大火炉还重呢！"她开心地笑了起来，连下巴也在颤抖。

"看来他只能用铲车推了！"辛格先生笑道，他的声音从小路另一边传了过来。直到马林斯太太指着山核桃树上他那荡来荡去的瘦腿，默茜才看到他。

"我从学校带了朋友来帮忙。"默茜朝树上喊道。

"我明白了!"辛格先生说,"有这么多可爱的年轻人来帮我们,我太开心了。我要下来跟他们打个招呼。默茜,帮我拿过来梯子,把它靠在树上。"

梯子不知什么时候被人踢开了,倒在树的一侧。

"哎呀,上面可真是不太舒服,"辛格先生从梯子上下来,揉着屁股说,"早知道我就带个垫子了。"他一瘸一拐地走过去和普鲁伊特老师握了握手。

就在默茜向辛格先生介绍普鲁伊特老师时,他们闻到了柴油的气味,听到了发动机的轰鸣。克雷文先生来了。卡车后面坐着两名穿蓝色制服的工人。两人都戴着遮阳帽和大号皮手套,还拎着电锯。

克雷文先生穿着一件黑色工作服,双手叉腰站在人行道上,打量着满院子的人。他数了数人数,又看了看卡车车厢。十四个人,根本装不下。

"这是你干的吗,迷茜?"他问默茜。"哼,就这些人?你以为就能拦住我吗?"他拿出手机,"我只要给朋友打个电话,他是开私人保安公司的,让他……"

"早上好,"辛格先生说,"我想你已经带来了证明你有权拆除花园的正式文件,对吗?"

克雷文先生翻了个白眼,转身在卡车的文件架上翻找。他拿出几张纸来,在头顶挥舞着。"对呀,我带着文件呢,"他说,"以防你们干蠢事。"

"让我看看。"辛格先生伸出手说。

"你不相信我?"克雷文先生意欲把文件放回车中。

"请让我亲眼看看那些文件。"辛格先生礼貌地说,同时朝克雷文先生逼近了一步。普鲁伊特老师也跟了上去。

克雷文先生把文件甩给他们,然后大踏步走开,开始指挥手下的工人。

默茜捡起飘落在地上的文件,把它们交给辛格先生和普鲁伊特老师,然后到院子里和同学们站在一起。

桑多、JJ和尤兰达跳上了山核桃树。奥利芙和杰米拉双臂相连,站立在大叶紫薇前。其他人坐在前面的台阶上等老师发话,看看接下来会发生什么。

"这是你们家的房子吧,默茜?"碧翠丝问道。她从一侧吹了口气,不让刘海儿挡住眼。

"是的。为什么这么问?"

"哦,没什么,"她笑着耸了耸肩,"还……不错,挺老派的。"她皱了皱鼻子。"我很喜欢它,但如果把它拆掉,修建一些更现代化的建筑,是不是会更好?"

默茜发现奈丽斯韦瞪着眼睛看着自己,好像在说:"抱歉了。"

"喂!"奈丽斯韦跳下台阶,用双臂搂住客厅飘窗前的老紫藤树干。一名工人正手提电锯走过来,又犹豫着在小路上停了下来。

"别过来,我的朋友。"奈丽斯韦用科萨语对那名工人说。

"你会讲科萨语?"工人问。

"对。"奈丽斯韦说,"叔叔,请别靠近这棵树。"

"好吧,小妹妹。"他转身准备去砍另一棵树,但每一棵树都被保护了起来。

默茜感到一道光芒开始在胸中绽放,向四周照耀开来——原来她并不孤单。

接着,羊蹄甲树附近传来一声大叫。当杜米萨尼试图发动铲车时,马林斯太太抄起一块岩皮饼,朝他扔了过去。他揉了揉脑袋,大笑起来。

"这一点儿都不好笑,"克雷文先生边喊边把卡车钥匙扔给杜米萨尼,"别笑了,把跨接电缆从卡车里拿出来。"

"打扰一下,您这些所谓的文件,"辛格先生说道,"这一张是电费账单,这三张是旧交通罚单。"他扬了扬手中的那几张纸。

克雷文先生转身走开了。他背对着院子,看着大路,又掏出了手机。所有人,包括工人在内,都停下来望着他。他拨通一个号码,把一块鹅卵石踢向人行道,石块砸到卡车的轮毂上,发出刺耳的声音。

"嘿,劳埃德,最近咋样?嗯,是我呀。我们这儿出了点儿状况。在霍德森路。你能找些兄弟来帮我个忙吗?对呀,没错。这次更糟了。好像有十四个……带上那什么……你懂的。行,没问题。好的,谢了。"

克雷文先生把手机放回口袋,看了看手表。他交叉双臂,坐在矮墙上,背对所有人等着。杜米萨尼和另一名工人从卡车里拿出扳手继续干活儿,他们摆弄着铲车背面的金属板,想把电池取出来。

辛格先生跟普鲁伊特老师和马林斯太太商量了几句。普鲁伊特老师拿出手机,也打了一个电话。随后,他们把大家召集到山核桃树下。尤兰达、桑多和JJ也从树上跳下,加入其中。

辛格先生告诉他们,不知道接下来会发生什么,但在任何情况下大家都不要动粗。

"如果有人要把我拉走,我怎么办?我能踢他吗?"JJ问道。

"不行。就站在那里,什么都不要做。"辛格先生说。

"这还不容易吗?"桑多说,"别干傻事!站在那里就行了!"

大家都看向桑多。"没错,"马林斯太太缓缓说道,"你真是个机灵鬼。"

"如果有人想拉走你,不要用力,也不要反抗。"普鲁伊特老师说,"警察正赶过来。记住,克雷文先生拆毁这座花园是违法的,我们只是想要阻止他,我们没有错。"

几个同学互相软塌塌地靠在对方身上,掂量着怎样才算"不要用力"。"哎呀,对不起,迷茜!"桑多边说边倒在默茜身上。默茜跟跟跄跄,摔倒在奥利芙身上,奥利芙又倒在杰米拉身上。当他们躺在地上,笑作一团时,JJ突然一个助跑,纵身扑了过去,像个"大"字一样倒在大家身上。

"够了,"普鲁伊特老师边说边把他从人堆里拽了出来,"记得我说的话吗,JJ? 不要使用暴力。"

"噢,那就不好玩儿了。"JJ说着,笑着站起身来,冲桑多就是一拳。

"我能理解你,JJ,这的确难以忍受。"普鲁伊特老师一边说,一边紧紧抓住他的胳膊,看着他的眼睛,"相信我,我明白。"

第四十四章
我们做了什么

"我们唱支歌吧,"马林斯太太说,"在等待命运的安排时,应该唱支振奋人心的歌曲。"她抬起下巴,放声歌唱:

你是希望与荣耀之地,是自由的母亲,
我们后世的子孙呀,该如何将你赞美?

普鲁伊特老师跟着哼唱起来。但歌声并没有令人振奋。

"难道没人能想出一首合适的抗议之歌吗?"普鲁伊特老师问。

奈丽斯韦和碧翠丝开始一边摇手一边转圈。

宝贝,我要摇啊,摇啊,摇啊,

我要把它统统甩掉,统统甩掉……

"哎呀,够了,"普鲁伊特老师说,"别再胡闹了。"她伸出一只手扶住JJ,刚才JJ也加入其中,但因为过于投入,看起来就像癫痫发作。"来支有南非特色的吧。"她用另一只手拿走桑多的标语牌,因为他在树下来回挥舞标语牌,打得树叶纷纷扬扬地掉落,仿佛才艺比赛中绿色亮片从天而降。

随后,奈丽斯韦的歌声不知从哪儿飘了过来,她的嗓音清澈纯净,宛如一支利箭从树梢直插蓝天。

SENZENINA①,Senzenina,Senzenina……

接着,两个低沉的男中音从羊蹄甲树下传来。克雷文先生带来的工人正举起一只拳头,跟随歌声缓慢摇摆。"Senzenina."他们的和声让这首歌更加优美、低沉而有力。所有人都怔在那里,就连克雷文先生也站起身查看情况。

---

①祖鲁语,意为"我们做了什么?"

"Senzenina."奈丽斯韦唱道。

"Senzenina."众人和道,"Senzenina."

"Senzenina kulomlaba？"

"这是什么意思？"马林斯太太低声问辛格先生。辛格先生闭着双眼,一边欣赏这首古老的歌谣,一边随着歌声来回摆动着身体。

"意思是'我们做了什么？我们做了什么？我们对这个世界做了什么？'"他答道,"噢,我喜欢这首歌。它让我回想起为反对种族隔离而斗争的往昔岁月。"

马林斯太太抬起手,让辛格先生扶着她从躺椅上站起身,也开始随着音乐左右摇摆。默茜发现普鲁伊特老师和辛格先生手挽着手,加入到和声当中。那旋律越来越强烈,在花园中跌宕起伏,引起了人们的强烈共鸣,任何人都很难不被裹挟其中。

默茜闭上眼,只是静静地聆听。

但这美好的时光随即被粗鲁地打断。

"你们干什么？"克雷文先生喊道,"你们以为是在自己家里？现在就给我停止捣乱,否则我就解雇你们俩。"他用电锯指着工人,仿佛拿着一挺硕大的机枪。然后他把电锯扛在肩上,跨过栅栏进入空地,径直向野梨树走去。

默茜、桑多和奥利芙想要追过去,但辛格先生拦住了他们。

"不,待在这里。"接着,他冲着栅栏那边喊道,"克雷文先生,小心!有蜜蜂……"

但他的话被轰鸣的电锯声切成了碎片,四散而去。

"怎么回事?"桑多在一片吵闹声中喊道。

但默茜还没来得及回答,电锯声就停了下来。片刻沉寂过后,突然……

"蜜蜂!"克雷文先生尖叫道,"蜜蜂!我被……蜇了!"

"真是老天有眼哪!"马林斯太太说。

克雷文先生一路狂奔,想躲进卡车里。他一边跑一边拍打着蜜蜂,手臂就像大风中的塑料充气人一样狂舞不止。默茜在自己站的地方可以看得很清楚。只见蜜蜂在他背上落了黑压压一层,还有一小群仿佛一朵乌云紧随其后。他冲到卡车旁,猛拉车门,但车门上了锁。他绝望地掏着口袋,脸已经开始肿胀。

"救命!"

"嘿!"杜米萨尼大声喊道,从制服口袋里掏出钥匙。辛格先生一把抓了过来,奔向卡车。门锁打开后,克雷文先生仍然双手抱头,在地上来回扭动。当蜜蜂朝辛格先生的脸上飞来时,他犹豫了一下,但还是从柏油路上拖起克雷文先生,把他塞进了驾驶室。接着,他自己也爬进驾驶室,砰地关上了车门。

"哦,辛格先生。"默茜说着,用一只手捂住了嘴,仿佛这样就能不再害怕一样。普鲁伊特老师一手搂住她,把她拉到身边。

默茜听到碧翠丝屏住呼吸,紧张地小声说道:"天哪!他肯定要被蜇了!天哪!"

她看到辛格先生在卡车驾驶室里扑打着蜜蜂。他时不时摇下车窗,甩掉手上的蜜蜂,又迅速摇起车窗。

克雷文先生一动不动地端坐在座位上。他的脸已经肿得面目全非。

"六年级的同学们,赶快进屋。"普鲁伊特老师不容置疑地说道。大家都依言而行,没有一个人反对。

第四十五章

拯 救

"到目前为止,已经十五根刺了。"玛丽阿姨说。辛格先生坐在餐桌旁,她正用菜刀小心翼翼地刮去他身上的刺。

"这不是蜜蜂的错。"辛格先生嘴唇肿得老高。

"我想这是因为克雷文先生的电锯声吓到了它们,"默茜说,"另外他还穿着深色衣服,所以蜜蜂可能认为他是一只蜜獾。"

玛丽阿姨和德韦特先生在一位律师的陪同下回到家中,只见家里一片混乱,用玛丽阿姨的话来说就是"简直像开了锅"。院子里到处都是小学生。在人行道上,四名从头到脚都是黑色的男子正与一名警察以及马林斯太太争吵。

霍德森路上的汽车排起了长龙,包括一辆救护车、一辆警车、一辆私人保安车、一辆校车和一辆卡车。

"默茜,去看看私人保安突击队离开了没有?我可不能让他们踏进我的院子。"玛丽阿姨说。她把泡打粉和水调成糊,涂在辛格先生的伤口上。

默茜走到阳台上查看。马林斯太太双手叉腰站在人行道上,律师也在一旁。她没有看到私人保安,也没有看到上面印着"毒蛇保安队"字样的面包车。

但路上又多了一辆汽车,一位留着鬈发、拿着笔记本的女士正在和普鲁伊特老师交谈。

"嗨,迷茜!"桑多在山核桃树下喊道,"过来呀。"他打了个响指。"这家伙想给我们拍照登报呢。"

迷茜?好吧,幸亏桑多没有听见克雷文先生叫她"泥茜"或"霉茜"。默茜走了过去,和大家站在一起。

"过来站到我旁边吧,"碧翠丝说,"我们要出名了。"她理了理头发,把脸紧贴着默茜。默茜还没来得及抽身,就感到碧翠丝双颊鼓起,露出一个大大的笑容。

摄影师立即咔嚓一声按下了快门。

原来是德韦特先生打电话给报社,希望通过媒体的力量扩大些影响。记者花了一段时间才了解到全部情况。当她采访完玛丽阿姨、辛格先生、马林斯太太、普鲁伊特老师、孩子们、律师和克雷文先生的工人时,已经过了午饭时间,大家都饿坏了。于是,普鲁伊特老师沏了一大壶茶,孩子们聚集在起居室,分享马林斯太太带来的一大盒岩皮饼。玛丽阿姨刚刚喝了一口茶,靠在椅子上,突然从门廊下传来一个声音。"有人吗,有人吗?"说完,这个人还礼貌地敲了敲门。

"哎呀,老天爷!这又会是谁呀?"玛丽阿姨放下茶杯,起身前去查看。

默茜满嘴都是岩皮饼。她停止咀嚼,立即听出了那个声音。这声音差点儿把她嘴里的糕点变成了灰烬——是奈杜太太!

玛丽阿姨把头探进客厅的门。"普鲁伊特老师,您有时间吗?这里有一位社工想和您谈谈。或许我们都可以到厨房来。"

默茜闭上了眼睛,背靠墙壁坐着,吓得一动不动。

几分钟后,她感到有一只温暖的手放在她的肩头。玛丽阿姨正朝她微笑。

"没事了,默茜。"玛丽阿姨把手放到默茜头上,"奈杜太太今天去了学校,看到你成绩优异,还跟格里塞尔校长聊了几句。这会儿普鲁伊特老师正急着告诉她,你是一名模范学生,深受大家喜爱。"

"她不会让我搬到安全的地方吗?"默茜低声问。

"不会。还有哪里比这所房子更安全呢?你有朋友、邻居和所有爱你的人保护。不过,幸亏她刚才没有过来,半小时前这里还到处都是蜜蜂呢。"

"大家好呀!"走廊里传来另一个声音。

"请进,"玛丽阿姨大声说,"今天家里可真是贵客盈门呀!我们都在客厅里。"

瓦库医生弯腰走了进来。他铁锹般的大手里拿着一顶小帽子。

"大家好,大家好。"他向房间里的每个人都点点头,"您的帮手很多嘛。"

"没错,难道我们还不够幸运吗?"玛丽阿姨向他讲述了事情的进展:法院禁令,前来核实情况的律师,把克雷文先生送到医院等待将其拘押的警察,还有被马林斯太太赶跑的私人保安公司。

"现在厨房里还有一名社工,正在跟默茜的老师聊天儿。"

"这么多好消息!"他说,"不过我想问问,那些鸟儿呢?"

"鸟儿?"玛丽阿姨问,"你是说蜜蜂吗?在今天这场风波中,它们可是帮了大忙了。"

"不,不,我说的是鸟儿。我之所以要问起,是因为先祖告诉我,你们会被鸟儿解救的。"

"不是蜜蜂?你确定吗?"

"是鸟儿。我确定。"

"真奇怪。"玛丽阿姨说。

大家都回到校车上了,默茜和玛丽阿姨站在人行道上目送他们。默茜紧紧地抓着玛丽阿姨的手,她的心里无比轻松,甚至觉得自己会像一个氢气球一样飘向天空。她看见奥利芙坐在前排的座位上,而杰米拉上车后坐到了她旁边。两人低下头,不知为什么一起开怀大笑。接着,奥利芙抬起头来,脸上挂着灿烂的笑容,向默茜挥手道别。

奈丽斯韦上了校车后,坐在碧翠丝旁边。默茜看到碧翠丝说了些什么,翻了个白眼,也笑了笑。接着,默茜诧异地看到,奈丽斯韦站起身,坐到前排桑多的旁边。桑多把头探出窗外说:"麦克奈特小姐,您要是需要人帮忙,不让人砍掉花园里的树,找我就得了。"

"我记住了,小伙子。谢谢你。"

"嗨,迷茜。明天见啦。"他对默茜咧嘴一笑。

默茜的心怦怦直跳,双颊涨得通红。于是她立即弯下腰去,假装挠了挠脚,希望等自己站起身时,这种感觉会消失不见。

但它并没有消失。

第四十六章
重 建

在"完全乱了套"之后的几天里,默茜每天下午放学回家总会发现屋子里挤满了人。过去,她通常只能听到时钟的嘀嗒声、冰箱的嘶嘶声和窗户上苍蝇慵懒的嗡嗡声。但这个星期,她听到每个房间里都有声音,屋顶上还有人穿着靴子走来走去,时而乒乒乓乓,时而咕咚咕咚。

辛格先生的姐夫带着两个侄子在屋顶上;一名电工在厨房里修理主电源板;有两次,客厅里来了一位律师,餐桌旁还有一名警察在录口供;瓦库医生把所有被砍下来的树枝装在面包车上拉走;

德韦特先生大步流星地进进出出，大声谈着电信公司、电路、天花板和物美价廉的瓷砖。

玛丽阿姨似乎相信，在她将克雷文先生告上法庭后，所有这些修缮费用都将由他支付。律师好像也认为，她可以起诉克雷文先生，要求他赔偿损失。

"但我们还是得勒紧裤腰带，"玛丽阿姨说，"一旦我付了弗罗拉的护理费，我们就连买果酱的钱也没有了。"

周五下午，默茜帮辛格先生整理从屋顶搬下来的箱子，因为周一有人过来更换损坏的天花板。默茜打开一个纸箱的盖子，发现里面装着三本黑色的旧相册，薄薄的纸页里面夹着一些黑白照片；还有一个带玻璃盖的绿色炖锅和一个用羊毛开衫裹着的疙里疙瘩的包袱——但已经被虫蛀得面目全非。

接着，她听到前门传来了普鲁伊特老师的声音。

"你好，有人在家吗？"

"安吉拉！"玛丽阿姨在客厅喊道，"快进来。抱歉，家里一团糟。"

安吉拉？默茜从来不知道普鲁伊特老师叫什么，不过她早已注意到玛丽阿姨不再称她为"可怜的普鲁伊特老师"了，而是"那个了不起的普鲁伊特老师"。

"我就是过来看看你们怎么样了,"默茜听到普鲁伊特老师说,"还给你带了张《马里茨堡镜报》,上面的这张照片不知你有没有看到。"

"默茜,"玛丽阿姨叫道,"快来看呀,你上报纸了。"

默茜走进厨房,在打底裤上擦了擦手上的灰尘,小心翼翼地拿起报纸。

这张照片让她吃了一惊。上面最引人注目的面庞,或者说看起来最开心的那个人,竟然是碧翠丝,这足以说明照片有多大的欺骗性。默茜的脸看起来并不起眼儿。照片下方登出了所有人的姓名,并援引普鲁伊特老师的话称,他们"共同参与了学校提升公民责任感的课外活动,同时这也是开展非暴力抵抗的一次实际行动"。

"学校课外活动,提升公民责任感。"玛丽阿姨说,"语言可真了不起,它们可以让任何事情,甚至是一团混乱,都变得富于教育意义。"

普鲁伊特老师笑了。

"默茜,我在烧水,你可以带着普鲁伊特老师到花园转转吗?她说不定想看看柠檬的坟墓呢。"

普鲁伊特老师跪在无花果树下,好看清那个小土堆。那天早上,默茜往上面放了鲜花,并在边缘处用小石子儿做了标记。盛着玉米泥的叶子已经枯萎,但两只鸟儿仍站在两旁守卫。

"这是什么?"普鲁伊特老师摸了摸鸟头问。

"是盖子。玛丽阿姨说,她的父亲以前把烟草放在罐子里,这两个都是盖子。"

"我可以看看吗?"

"可以呀。"

普鲁伊特老师蹲了下来,一手拿着一个鸟头。她从各个角度仔细检查了一遍。

"你没有烟草罐吗?"

"没有,我猜是丢了。"

"我能不能把它们带进屋里?过一会儿就放回来。我只是想跟玛丽阿姨说说这两个鸟头。"

最后,不出瓦库医生所料,的确是鸟儿拯救了她们。

"这两个鸟头来自维多利亚时期陶艺家马丁兄弟制作的名为'沃利鸟'的烟草罐,大约制作于 1880 年或 1890 年,是极有价值的藏品。"普鲁伊特老师一边说,一边小心翼翼地把它们放在餐桌上折叠起来的茶巾上,"如果你们能找到同套的罐体,可能会很值钱。"

"真了不起,"玛丽阿姨说,"这是我母亲送给父亲的礼物。她的姐姐威妮弗雷德是个有点儿放荡不羁的艺术家,喜欢包头巾。她在遗嘱中把这些罐子留给了我母亲。母亲一直觉得它们很丑,但父亲却……"

"值多少钱?"默茜问。

"据我所知,几年前在伦敦苏富比拍卖行,有一个卖出了四万英镑,"普鲁伊特老师说,"所以像这样的两只大沃利鸟,可能会值大约……呃,我不知道,这不太好说,也许一百五十万兰特?多少会有些出入。"

"我知道要去哪里找了。"默茜溜进走道,跪在纸箱旁,揭开那件破烂的开衫,拿起裹在里面的那两个笨重的东西。尘土和细小的飞蛾卵落了一地,她的双手不住颤抖。

每个罐子都有一个圆形的木质底座,巨大的鸟爪抓着底座,上面是金褐色的羽毛覆盖的身体,做工精美,很有质感。当默茜把它们凑近鼻尖,她嗅到了浓浓的烟草味。

这种气味来自某个年迈的老人,来自某种精心的呵护,是安全的气味,也是家的气味。

第四十七章

启　示

本学期最后一天，普鲁伊特老师带来了一个四壁衬着锡纸的啤酒箱，里面放着一个自制的大巧克力蛋糕。她把蛋糕放在书柜上大家够不到的地方，以免有人走过时捏掉她撒在糖霜上的巧克力薄片。还有几名同学要做口述作业，讲自己的人生楷模，随后大家将在教室里为普鲁伊特老师举行欢送会。普鲁伊特老师的桌子上摆满了纸杯，准备倒冷饮用。

默茜坐在座位，面前放着一沓小纸条。她想要再读一遍，但周围的说话声一直不断。

"好呀,可以让你妈妈在周六吃午饭时把你送过来。"奥利芙正和杰米拉谈论周末做客的事。默茜也接到了邀请,但她要去看望弗罗拉阿姨,所以不能前往。

"奈丽斯韦,你想过来吗?我们准备在新买的比萨烤箱里做比萨呢。"

"行,没问题,"奈丽斯韦说,"放上培根和菠萝好不好?我最喜欢这个口味了。"

"培根和菠萝?"碧翠丝说,"哎哟,太恶心了。这大概是有史以来最糟糕的比萨吧。"

默茜知道碧翠丝没有接到参加比萨聚会的邀请。她有点儿为碧翠丝感到难过,但还是本能地尽量避开碧翠丝。在大家前来保护花园里的树那天过后,碧翠丝就和几名七年级女生成了朋友。她仿佛无法容忍自己的同班同学,总是不会错过任何机会嘲笑他们有多幼稚。现在,她发泄愤怒的对象主要是交到了新朋友的奈丽斯韦。玛丽阿姨曾告诉默茜,嘲笑他人看起来像是一种武器,感觉是在攻击他人,但实际上只是一面自我保护的盾牌。她说,那些经常取笑他人的人,其实是在努力保护自己。当时默茜还不太理解,但现在她开始意识到,碧翠丝的刻薄很可能是因为内心恐惧而故作强大。默茜想要知道,所有人都会感到恐惧吗,就连碧翠丝·亨特也不例外?

"该最后几名同学做口述了。"普鲁伊特老师拍拍手,好引起大家注意。默茜的心一颤。

"JJ,你先来。"

JJ讲述了超模坎迪斯·斯瓦内波尔的故事。他说自己钦佩她,因为尽管她出生在南非的穆伊河畔,但她经常出现在世界上最性感的一百名女性的名单上。此外,她曾被维秘时装秀选中进行服装展示。他把自己从杂志上剪下来的一张照片按在黑板上。照片上,一位金发女郎穿着一条红色长裤和一件镶满珠宝的内衣。

"这是你将来想做的事吗?"他讲完后,普鲁伊特老师问道。

JJ满脸困惑:"当然不是了。"

"好的,谢谢,JJ。你可以回到座位上了。"普鲁伊特老师低头看了看花名册。

默茜屏住了呼吸。名单上最后一个是她的名字。

"你的假条呢,默茜?"普鲁伊特老师面带微笑地问,一边透过眼镜看着她,一边把手伸了过去。

"我没有假条,普鲁伊特老师。"默茜感觉自己仿佛走了好远的路,才来到教室前面。她把小纸条放到桌子上,这样其他人就不容易看出她的手在颤抖。

"早上好!"她声音微弱地说。"大家都看见了,我上讲台很紧张,所以我把要讲的内容写了下来……"她吞了一下口水,又舔了舔干涩的嘴唇,"我想读给大家听。"

辛格先生说过,可以告诉人们自己很紧张。"说实话就好,"他对默茜说,"即使你的声音在颤抖。"

默茜看了看普鲁伊特老师,她微笑着点点头。她又迅速瞥了一眼桑多,只见他在椅子上身体前倾,紧握双手,希望她能讲下去。

桑多告诉过她一个窍门:"如果你在公开演讲时感到紧张,不妨想象你的听众没有穿衣服。如果这也不管用,那就想象他们都在上厕所。"

但是当她抬起头时,大家都穿着衣服,端端正正地坐在椅子上。她很难集中精力去设想大家都在光着身子上厕所。于是,她鼓足勇气念出了小纸条上写下的内容:

"大家知道,我要讲甘地的故事,因为我把他当作人生楷模。他用行动证明自己的一生就始于此地,始于彼得马里茨堡。有一次,甘地在印度下火车时,一只凉鞋掉在火车和站台之间,他拿不回来了。于是他脱下另一只凉鞋,把它也扔了下去。当人们问他为什么这么做时,他解释说,一只凉鞋对任何人都没有用处,万一有人捡到了,一双凉鞋总比一只强。这件事让我学会了用新的眼光看待问题。"

默茜停了片刻,深吸一口气。辛格先生告诉过她要放慢速度,但她担心自己读得越慢,大家就越容易听出她的声音在颤抖。

"这个星期我们听到了很多名人的故事。甚至还有一只鸡的故事。"

"无头鸡麦克,是我讲的!"桑多一边说,一边行了个礼。大家都笑了起来。

"静一静。"普鲁伊特老师说,"抱歉,默茜,请继续。"

于是默茜接着讲了下去……

"不过我已经决定,我今天不会只讲某个人物,尽管我很钦佩甘地。我想讲一讲非洲的蜜蜂。关于蜜蜂有很多有趣的知识,但我只说一下它们教给我的东西。"

辛格先生告诉过她,讲话时要抬起头来,与听众进行眼神交流,这一点很重要。因此,默茜爹着胆子扫视了一圈。普鲁伊特老师正在笔记本上记东西。大家看起来都很感兴趣,好像真的被她所讲的内容吸引。只有碧翠丝除外,她对着所有愿意听她讲话的人窃窃私语:"蜜蜂?她是说蜜蜂吗?"好像她无法相信自己的耳朵。

默茜又深吸了一口气,继续讲道:

"每一只蜜蜂都有自己的职责,有的采集花蜜,有的保护蜂巢,有的喂养幼蜂,有的扇动翅膀以保持蜂巢内的温度。没有哪一项职责比另一项更重要。在我们人类的蜂巢中,大多数人永远都不会成为蜂王,只能有一个纳尔逊·曼德拉或甘地。然而,就像真正的蜂巢一样,如果没有普通人的付出,我们人类的蜂巢也将不复存在。"

默茜用眼角的余光瞥见,普鲁伊特老师在记笔记时不住地点头。于是她继续讲下去,希望没有人会看到她在桌子后面颤抖的双腿。由于双手也在颤抖,她甚至不敢去翻笔记。

"我懂得的另一件事情是,蜜蜂非常辛劳。一整群蜜蜂加在一起,要绕着地球飞上三圈,才能产下大约一千克蜂蜜。而一只蜜蜂一生只能产十二分之一茶匙蜂蜜。人类的工作也是如此。人们有各种各样的工作,这些工作同等重要,尤其是当人们所做的事情会让世界变得更加宽容和更加美好时。这些工作将永远需要我们的辛劳付出。"

普鲁伊特老师放下笔,边认真聆听,边微笑点头。这让默茜变得勇敢起来,但她的声音仍然在颤抖,而且口干舌燥,所以会经常感到不适,需要咽一下口水。

"我还了解到,蜜蜂在采集花蜜填满蜂巢的过程中,也在不知不觉中将花粉从一朵花带到另一朵花上。假如蜜蜂不这样做,水果和蔬菜都无法生长。这与我们所做的那些微不足道的小事一样，因为一个小小的举动有助于完成其他更大的事情。尽管我们并不知道接下来会发生什么，但无论怎样我们都要做好眼前的小事。"

默茜的演讲已经接近尾声，这是她要讲的最后一点。

"关于蜜蜂，我所了解的最后一件事情是：为了保护自己的蜂巢，它们需要极大的胆量。我之所以会这么说，是因为当蜜蜂蜇人时，它失去的不只是蜂刺，它的部分内脏也会被拉出身体，从而导致死亡。"

"酷！"JJ打断了默茜，似乎对这段话尤其感兴趣，"蜜蜂就是因为这个才死掉的吗？"

默茜点了点头。

"继续，默茜。"普鲁伊特老师说，"一谈到死亡与毁灭，你就吸引了JJ的注意力。"

默茜深吸一口气，最后说道：

"同样，如果我们鼓足勇气去做某件事时，我们也需要胆量，需要从内心深处有所付出，仿佛那也是自己身体的一部分。幸运的是，我们这么做时不会死掉，只不过有可能感觉像是要死掉一样。

"希望大家喜欢我的演讲。蜜蜂教会了我很多东西。谢谢大家。"

教室里鸦雀无声。普鲁伊特老师擤了擤鼻涕。随后,桑多仿佛憋了很久一样,长长地舒了一口气。

普鲁伊特老师说:"我想这大概是我听过的最好的演讲。"她粲然一笑,看着默茜。

"好了,大家来吃蛋糕吧!"

第四十八章

宝 藏

六个月后,默茜在厨房摇着一个旧分蜜机的手柄,忙着把蜂蜜装进瓶中,准备在六年级的义卖活动日出售。这个机器是在安装新的天花板时,她在屋顶的一个纸箱里发现的。

这些纸箱里仿佛藏着各种宝藏。那对沃利鸟在开普敦的一个拍卖会上卖出了一大笔钱,不过具体数额玛丽阿姨不会告诉默茜。

"够我们买很多果酱了。"她只是这样说。

在其他几个纸箱里,她们找到了一个生锈的磨奶酪机和几个炖锅,还有弗罗拉阿姨认为已经被盗的旧喷泉的所有零件。这些零件,还有弗罗拉阿姨准备送给乔治国王的那个管状零件,被工人组装起来,在人行道左侧的花园里建起了一个新的喷泉。这是对弗罗拉阿姨的纪念,她当然还活着,但只能在安养院的护理部度过余生。在阳光明媚的房间里,她躺在一张高高的床上。玛丽阿姨和默茜经常去看望她,抚摸着她的手,为她梳理蓬松的头发,但她似乎谁也认不出来。辛格先生打开水闸,水涌进了喷泉,翻飞的水流在炎热的天气里冷冷作响,用玛丽阿姨的话来说,"简直像是在天堂一样"。

默茜告诉辛格先生,新来的老师恩吉迪先生人非常好,已经预订了两罐蜂蜜。就在这时,前门响起了敲门声。她还是时刻担心会有社工来告诉自己,他们已经找到了她的家人,所以要把她带走。默茜停止摇分蜜机,屏息倾听。她听到玛丽阿姨低声向那个人问好,语气十分小心。

默茜愣了片刻才认出走进厨房的人。

"默茜?"女人微微一笑,仿佛只要张开嘴,喜悦之情就会抑制不住喷涌而出。她的眼里满含热泪。

"这是你的凯瑟琳姨妈。"看到默茜一动不动,玛丽阿姨柔声说。

"我知道。"默茜说完,一头扑进姨妈张开的怀抱,"你到哪里去了？啊？你到哪里去了？"

"我一直待在一个非常黑暗的地方。"凯瑟琳姨妈说着,把脸埋进默茜发间,"现在我离开了克利福德姨父,还找到了一份不错的工作。那段时光非常艰难。我要告诉你……总有一天我会告诉你,为什么这么多年来我和克利福德姨父一直疏远你。不过现在你只需要知道我爱你,你是我姐姐的宝贝,我终于找到你了……"凯瑟琳姨妈端详着她的脸:"看看你!我在报纸上见过你的照片。都长这么大了,跟我亲爱的罗斯姐姐一模一样,可真让人伤心。我有很多话要说,简直不知道从哪里开始。"

"我去把水烧上,给你们沏杯茶。"玛丽阿姨说。

默茜明白,尽管她不知道接下来会发生什么,但这一次她仍然要先做好眼前的事情。

她拉着凯瑟琳姨妈的手。"过来坐这儿吧,"默茜说着,把餐桌旁弗罗拉阿姨常坐的椅子拉了出来,"你的茶里要加蜂蜜吗?"

"哦,好呀,"凯瑟琳姨妈说,"我喜欢蜂蜜。谢谢你。"

"这是我亲手收的。"默茜边说边把蜂蜜罐放在桌上。

"很好。"凯瑟琳姨妈说,她对默茜微笑着,眼里满是关爱与自豪,"很好,我完全相信。"